江戸の旋風
北風侍 寒九郎 7
JN075508
時代小説
二見時代小説文庫

目次

江戸の旋風（つむじかぜ）——北風侍（さむらい） 寒九郎 7

『江戸の旋風――北風侍 寒九郎7』の主な登場人物

北風（鹿取）寒九郎……江戸から故郷津軽へ戻り、祖父や父の理想の実現に身を投じた若者。

レラ（風）姫……安日皇子の美しい娘。寒九郎と行動を共にする。

灘仁衛門……幼名捨丸。鹿島夢想流棒術の遣い手。恩人の密命を帯び故郷、津軽の地に戻る。

鹿取真之助……津軽藩士、寒九郎の父。物頭として若手の家老、杉山寅之助に仕えていた。

武田作之介……寒九郎の叔母、早苗を娶った直参旗本。若年寄田沼意知の用人に登用される。

武田由比進……従兄弟の寒九郎を追い津軽に入るが、父の作之介からの急報で江戸に戻る。

鳥越信之介……北辰一刀流お玉が池道場の門弟筆頭。田沼意次の秘命を受け津軽へ入る。

安日皇子……大和朝廷と闘った安日彦の子孫。祖先の志を継ぎアラハバキ皇国再興を図る。

大道寺次郎左衛門……長く将軍御意見番として仕え後に隠居した直参旗本。津軽藩大道寺家の遠縁。

大道寺為丞……津軽藩江戸家老。次席家老・大道寺為秀の弟。

吉住敬之助……長く武田作之介に仕える若党頭。

吉住大吾郎……吉住敬之助の倅。大門道場の一番弟子。

谺仙之助……寒九郎の祖父。秋田藩の剣術指南として谺一刀流を開き天下に名を馳せた。

江上剛介……明徳道場の遣い手、鏡新明智流免許皆伝の若侍。秘命を受け寒九郎を狙う。

八田媛……谺仙之助に斃された土雲亜門の一人娘。父亡き後、女郎蜘蛛組を率いる。

第一章　白神の別れ

一

白神山地のブナ林は、夕焼けに映えて茜色に染まっていた。風が出て来たらしく、ブナの梢を轟々と吹き鳴らしていた。

北風寒九郎こと鹿取寒九郎は、暗門の第一の滝壺の前にある空き地で、南部嘉門と大曲兵衛と向き合っていた。

寒九郎は右手に樫の杖、左手に短い薪を握って、二人に対峙していた。

谺一刀流の変則二刀流だった。

多数の敵を相手にして、宮本武蔵のごとく戦うには、いかにするか、を確かめていた。

滝の落ちる大音響が地鳴りのようにあたりに響いていた。寒九郎は、杖と薪を持った手を左右に広げ、それぞれを南部嘉門と大曲兵衛に向けていた。

嘉門と兵衛は、互いに目配せを交わし、飛び込む機を合わせようとしていた。

いきなり右側の嘉門が木刀を手に飛び上がった。間髪を容れず、兵衛も杖を持って宙に飛び上がった。

二人は同時に寒九郎に打ちかかった。

寒九郎は、軀を軸にして回転し、両手の得物を風車のように振り回した。飛び込んで来た嘉門は、木刀を弾かれ、背後に飛び退いた。ほとんど同時に兵衛の杖も撥ね除けられ、兵衛も飛び退いて、寒九郎の杖と薪から逃れた。

寒九郎がすかさず退く兵衛を追って杖を打ち込んだ。兵衛は堪まらず杖で杖を受け流した。寒九郎は兵衛に体当たりし、薪で兵衛の腕を叩いた。

兵衛は杖を落とした。そこへ嘉門が木刀を振りかざして飛び込んだ。

寒九郎は杖と薪を十字に交叉させて、嘉門の木刀を受けて撥ね除けた。次の瞬間、寒九郎は杖と薪を嘉門に打ち込んだ。

嘉門は木刀で杖を受け止めたが、次に寒九郎が突き入れた薪を避けることは出来なかった。

薪は嘉門の胸を軽く突いていた。

「参った」

嘉門は胸を突いた薪を握り、木刀を投げ捨てた。

「寒九郎様、二刀流も、なかなか堂に入ったものになりましたな」

嘉門はうれしそうにうなずいた。兵衛が打たれた腕をさすりながらいった。

「これで、谺一刀流ならぬ、谺二刀流を開眼しますか」

「まだまだ。それがしの動きが悪い。実戦となれば、それがし、きっと打ち負かされている」

「寒九郎様、そんなことはない。それがしたちも、必死にお相手いたしております」

と嘉門。

「さよう。寒九郎様は、日増しに動きが早くなっている。わしらでも、なかなか追い付けない。どうして、そのように敏捷（びんしょう）に動けるのか、不思議に思いますな」

「これも、阿吽（あうん）の教えが素晴らしい証（あかし）でござる。ありがとう。感謝いたす」

寒九郎は阿吽の二人の導師に頭を下げた。

「寒九郎！」

滝の上からレラ姫の声が響いた。

「おう、レラ」

寒九郎は陽光が降り注ぐ滝の上の岩場を見上げた。レラ姫の軀がひらりと宙に舞うと、滝が落ちる崖の岩の出っ張りを猿のように飛び跳ねながら、見る間に崖を降りて来る。寒九郎のいる滝壺の側にひらりと飛び降りた。

続いて、もうひとつの影が隣に飛び降りて身を屈めた。草間大介だった。

「おう、二人とも、だいぶ体術が上手くなったな」

南部嘉門がレラ姫と草間大介を讃めた。

「いや、まったく、二人はいまや寒九郎に勝るとも劣らない体術を身につけていますな」

大曲兵衛も大声で褒めたたえた。

「寒九郎、上でおぬしの二刀流、覗き見てました。この前よりも、数段上手になったですね」

レラ姫が笑い顔で讃めた。草間大介も同意した。

「ううむ。それがしとしては、まだまだだと思うておる。桜でいえば、三分咲きといったところかな」

寒九郎はブナ林の中に混在する山桜に目をやった。

白神山地は、いまや春。山桜が各所で咲きはじめていた。

「このまま、鍛練を重ねれば、二刀流も夏が来る前には満開になり申そう」

「寒九郎、明日、桜の花見をしよう。三分咲きでも、結構楽しめる。私が腕を揮って、料理を作ろう」

レラ姫が顔を綻ばせた。寒九郎はうなずき、賛成した。

「よし、それがしは川で魚を獲る。大介も、嘉門も兵衛も、手伝ってくれ。まず、いい竹を探し、釣り竿を作らねばならぬ」

寒九郎は川べり近くの竹林を指差した。

寒九郎たちは子どものようにはしゃぎ、竹林に駆け込んだ。釣り竿にふさわしい笹竹を見付けては、ナタを振るい、刀子で枝や葉っぱを切り払った。たちまち、即席の釣り竿が何本も出来上がった。

細い竹の節を刀子で削りながら、南部嘉門が寒九郎に囁いた。

「寒九郎様、それはそうと、妙な噂を聞きました。十二湖村で江戸からやって来た刺客が、寒九郎様を待ち受けていると」

「十二湖村に刺客というのは？」

「それが聞くところによると、エミシの刺客だというのです。名前は灘仁衛門。御存知ですか？」

「ああ、知っている。奉納仕合いにも出場した棒術の名手だ」

「あちらは、寒九郎様が十二湖に現われるのを辛抱強く待つ構えです。持久戦ですな。でも相手になさらぬ方がいい。逃げて勝つ。その一手ですぞ」

南部嘉門が笑った。

大曲兵衛もいった。

「それがしも、妙な噂を耳にしてます。十二湖湖畔にあったナダ村が焼き討ちされて、老若男女、大人も年寄も子どもも皆殺しにされた。灘仁衛門は、その虐殺事件の唯一の生き残りで、寒九郎様に恨みを抱いていると」

「それがしに恨み？　なぜだ？」

「噂では、焼き討ちをした討伐隊を率いていたのは鹿取真之助様だったというのです。それで、両親や兄弟姉妹を皆殺しにされ、孤児になった灘仁衛門が、寒九郎様を鹿取真之助の息子と知り、立合いをして、恨みを晴らすと息巻いているというのです」

大曲兵衛がいった。寒九郎は驚いた。

「それがしの父上が、エミシの村を焼き討ちしたと？　そんな馬鹿な」

寒九郎は思わず大声で否定した。

「いったい、どうしたというの？」

　レラ姫と草間大介が話を聞き付け、寒九郎たちの側にやって来た。レラ姫も細身の竹を数本採取して、手にしていた。

「父上が、そんなことをしたとは信じられない」

「そうよ、きっと何かの間違いに決まっている。いや、鹿取真之助様に恨みを持つ者がでっちあげた話よ」

　レラ姫は憤りを隠しきれずに憤慨した。

　大曲兵衛がいった。

「私が十二湖村の砦に住んでいた時、二十年以上前の飢饉の際に、藩兵たちに村が焼き討ちされて、大勢が死んだという話は聞いたことがあった。でも、討伐隊を率いていたのが鹿取真之助様という話はなかった」

「そんな噂が広まったのは、その生き残りの灘仁衛門という男が十二湖の鏡湖湖畔にやって来てからだ。だから、灘仁衛門が広めた噂ではないかと思う」

　南部嘉門がいった。

　寒九郎は考えながらいった。

「よし。それがしが直接灘仁衛門に会って、真相を問い質す。何かの間違いだということを証明し、父上の汚名を晴らしたい」

「寒九郎様、お待ちください。これは灘仁衛門の、寒九郎様を誘(おび)き出すための罠(わな)かも知れませぬ」

草間大介が口を挟んだ。

「わしも、草間大介殿の考えと同じだ」

南部嘉門と大曲兵衛も、口々に寒九郎を止めた。

レラ姫が腕組みをしていった。

「そう。私も、草間大介や南部嘉門や大曲兵衛がいうことに賛成。きっと罠。鹿取真之助様が、エミシを虐殺するなんてことはありえない。寒九郎、あなたはお父様を信じられないの？」

「父上は間違ったことをしない、と信じている。だから、なおさら、真実を知りたいんだ。なぜ、灘仁衛門がそう言い張るのか。それには何か、それがしの知らぬことがあるのだろう。それを灘仁衛門から直接聞き出したい。そして、誤解を解きたいのだ。父上が、エミシの味方であることを証明したいのだ」

寒九郎は頑(かたく)なにいった。

重い沈黙がみんなの間に流れた。

草間大介が口を開いた。

「分かり申した。それがしが、まず十二湖に行って、罠かどうかを調べて参ります。それまで、寒九郎様は動かないでくだされい」

大曲兵衛が待てという仕草をした。

「草間大介殿は、余所者だ。十二湖周辺の村には、それがしの知り合いが大勢いる。調べるならそれがしの方が適任だ」

南部嘉門が同調した。

「そうだな。兵衛なら、エミシの砦への出入りも自由だ。兵衛に行ってもらおう」

「そうね。兵衛なら、十二湖周辺の村に詳しいのでしょう。寒九郎、まず兵衛に調べてもらい、罠ではないと分かったら、灘仁衛門に会いに行きましょう。その時は、私も一緒に行きます」

レラ姫も同意した。

寒九郎は腕組みをし、考え込んだ。

その晩、寒九郎は地上の家ではなく、木の上の見張り小屋に登って泊まった。レラ姫が一緒に来たがったが、今夜は考え事をしたいからと、一晩ひとりにさせて、といって納得させた。

誰でも、ひとりになりたい時がある。権兵衛にも会いたい。

寒九郎は草葺きの屋根の隙間から漏れて入る月の光を見ながら、父上や母上のことを思っているうちに、いつしか眠りについていた。

「おい、小僧。いや、もう小僧呼ばわりは出来ないな」

野太い声が聞こえ、寒九郎ははっと目を覚ました。案の定、蓑笠を被った大男が傍らに胡坐をかいていた。

名無しの権兵衛だった。

「権兵衛、しばらく会えなかったな」

「小僧、いや、寒九郎。おぬし、真正谺一刀流を開いたらしいな。どうだ、気分は？」

「気分は最悪だ」

「どうした。泣き虫小僧に戻ったか？」

「いや、そうではない。今日、父上が、もしかして、ナダ村を焼き討ちして、大勢を皆殺しにした張本人かも知れないという話を耳にしたのだ。権兵衛、父上はそんなことはしないよな」

「それがしは知らぬ」

「嘘だといってくれ、権兵衛」

「寒九郎、甘ったれるな。わしに嘘だといってほしいなんぞと思うな。わしは、寒九郎の守護神ではあるが、常におぬしの味方とは限らない。おまえに真実を告げねばならない時もある」

「それがしは悲しいんだ。もし、父上が間違ったことをしていたら、それがしは、どう償ったらいいのだ？」

権兵衛は蓑笠で顔を隠した。

「寒九郎、そんなことより、おぬしの物語、お伽話はどうなった？　まだ出来ないのか？」

「それがしのお伽話なんて、どうでもいい。それよりも……」

「寒九郎、わしが、今夜ここに来たのは、いよいよ、おぬしに別れを告げねばならなくなったからだ」

「権兵衛、それがしに別れを告げに来ただと？　なぜだ？　なぜ、こんな悲しい時に、それがしを見捨てるのだ？」

「今夜は、ぜひ、おぬしのお伽話を聞きたい。話してくれ」

「それがしに、お伽話なんぞない。お伽話なんか出来ないんだ」

「寒九郎、初めから、己れの物語を放棄するというのか。情けない。相変わらず泣き言を垂れる泣き虫野郎から一歩も成長せんのだな。困ったやつだ」

権兵衛は蓑笠を震わせて笑った。

「寒九郎、おぬしは、己れの物語を作ることが出来る。自信を持て。己れのお伽話が出来るようになれば、おぬしは、もう一人前のおとなだ」

「おとななんかになりたくない」

「愚か者！　そんなことをいっていたら、あの世の親父やおふくろさんが、どんなに悲しむか知っておるのか？　自分の物語を作るようになれ。そうすれば、わしも安心して、おまえと別れることが出来る。いいな、約束だぞ。さらばだ。寒九郎、もう二度と会うことはない」

蓑笠を被った大男が立ち上がった。

草の壁の隙間から朝の陽光が差し込みはじめていた。

「権兵衛、行くな。おれを置いて行くな」

「さらばだ、寒九郎。おとなになれよ」

権兵衛の影が朝の光の中に消えていく。

「権兵衛、行かないでくれ」

　寒九郎は絶叫した。だが、権兵衛の影はすっかり消えてしまった。

　寒九郎は藁蒲団に突っ伏して、おいおいと泣いた。なぜか、悲しくて仕方がなかった。

「寒九郎、どうしたの？」

　草の扉が開き、レラ姫が覗き込んだ。

　寒九郎は泣くのを止めた。恥ずかしかった。涙に濡れた顔をレラ姫に見られたくなかった。

「寒九郎」

　レラ姫は小屋に上がり、寒九郎の傍らに添い寝した。

「寒九郎、泣いていいよ。私があなたの悲しみをすべて受け止めてあげる」

　レラ姫は寒九郎をそっと抱き寄せた。寒九郎は、レラ姫の胸に顔を伏せた。

「いい子、いい子ね」

　レラ姫は子どもを宥(なだ)めるように寒九郎の背を撫でた。

　寒九郎はレラ姫の胸から母の匂いがするのを感じた。

どこからか、琴の音が聞こえた。それから、女たちの笑いさざめく声も聞こえて来る。

二

待てといわれてから、すでに小半刻は経っている。

武田由比進と父作之介は、座敷に通されたまま、邸の主の田沼意次と意知親子が現われるのを、いまかいまかと待ちわびていた。

由比進が父の顔を見ると、もう少しの辛抱だと、目がいっている。

座敷の床の間には、唐の白磁の壺が飾られてある。いかにも高価な贈り物と思われた。

襖は三面に亘り、狩野派の絵師が描いた水墨画の枯れ山水が広がっていた。

由比進は枯れ山水の風景に見入りながら、父にいわれたことを思い出していた。

「田沼意次様は、それがしを息子の意知様の側用人に登用しただけでなく、息子のおまえも、その腕を買って、若年寄になられた意知殿の傅役に付けようとなさっている」

「傅役なら、若侍や近侍がいるのではありませぬか？」

「いても、なかなか信用が出来る者はいない。いざ、となるとお座敷剣法は役に立たない。おまえのように、山野を駆け回る実戦を重ねておらぬとな」

「父上、それがしも、まだ人を斬ったことはございませぬ。真剣で闘ったこともございません」

「由比進、謙遜するな。おぬしは、津軽まで乗り込み、寒九郎を助けようとしたのであろう。いまの江戸者には、その気迫がない。道場だけで竹刀を振り回すお座敷剣法に過ぎない。そんなものは、真剣での戦いに役立たぬ」

「それがしも、寒九郎助けたさに必死に戦う所存でございましたが、道場外での剣の修行はしておりません。それにしても、田沼意知様は、傅役を付けねばならぬほど、命を狙われておるのでございますか？」

　作之介は一瞬考えた。それから、口を開いた。

「うむ。老中田沼意次様は、毀誉褒貶、凄まじいものがある。それというのも、田沼意次様は将軍様に気に入られ、将軍様を後ろ盾にして幕政を行なっている。それだけにやっかむ者も多いし、敵も多い。その一方、御上の覚えを得ようと猟官する者や商人も多い。したがって陰で賄賂や金銀が飛び交っている。そのため、守旧派の幕閣からは蛇蝎のごとく憎まれてもいる。だが、気にするな。田沼意次様を憎む者たちは、所詮、権力の座に上れない徒輩たちだ」

「それがしは、気にします。私たちは、悪いやつをお守りしているのか、と思うと気が重い」

「ははは。田沼意次様は、いわれるほど悪い男ではないぞ。まずは、会って話をすれば、人柄が分かる。その上で悪い人か否かを考えればいい」

父の話はもっともだとも思う。一度も会わないで、偏見を持ってしまうのは最悪だ。

「由比進、御出でになられたぞ」

作之介はきちんと座り直した。由比進も慌てて、痺れた足を擦りながら、また正座した。

「お辞儀をしろ」

「はい」

作之介と由比進は、両手をつき、その場に平伏した。

廊下に話し声が聞こえ、何人かの足音が響いた。やがて、小姓たちが襖を開け、その後を二人の男が入って来た。

床の間を背にする上座に、二人が揃って座る気配がした。上座には、脇息がふたつ座布団の傍らに並んでいる。二人の男が、座布団にどっかりと座る気配がした。

「苦しゅうない。二人とも、面を上げよ」

その声に、由比進は恐る恐る顔を上げた。

作之介が顔を上げていった。

「田沼意次様、ご機嫌麗しく」

「武田、そのような堅苦しい挨拶は抜きだ」

「はい。さようで」

「傍らにいる若者が、おぬしの倅ということか」

「はい。息子の由比進にございます」

作之介はいいながら、由比進の方を見た。

間髪を容れず、由比進は挨拶の言葉を並べた。

「お初にお目にかかります。それがしは、武田作之介の嫡子由比進にございます」

由比進は顔を上げ、目の前に座っている田沼意次と田沼意知の顔を見た。

田沼意次は丸顔で穏やかな笑顔をした男だった。歳も父の作之介とほぼ同じように見えた。恰幅がよく、いかにも風格があり、落ち着いた人柄が偲ばれる人物だった。

左手に座った男も丸顔で、整った顔立ちが父親の田沼意次によく似ており、目に知的な光が宿っていた。

父親の田沼意次が笑顔のままにいった。

「由比進、その方、腕が立つそうだな」

「いえ、それほどではございませぬ。並みの腕でございます」

由比進は謙遜していった。

目の端に息子の意知の軀が動くのを感じた。意知の腕が傍らの刀の柄(つか)にそろそろと伸びる。

次の瞬間、意知は刀を抜き放ち、一足飛びして由比進に上段から斬り下ろした。

由比進は逃げず、腰の小刀を鞘ごと抜いて、逆に前に出、意知の懐(ふところ)に飛び込んだ。

意知は懐に飛び込まれ、斬り間(ま)を失った。刀を下ろそうにも由比進が目の前におり、近すぎて刀を下ろせない。

「お戯(たわむ)れを」

由比進は腰から抜いた鞘の鐺(こじり)を意知の喉元に突き付けた。意知は喉元を突かれ、うっと詰まったまま、進退極まった。目を白黒させている。

「おう、見事見事じゃ。大層な腕前ではないか」

父親の意次が拍手をしながら、由比進を褒(ほ)めたたえた。作之介はほっと安堵の顔を浮かべていた。咄嗟のことなので、由比進がどう動くか見極めることが出来ず、ひやひやしていたのだ。

「ま、参った」

「刀をお納めください」

「うむ。分かった」

意知は鞘の鐺を突き付けられたまま、後退りし、鞘を取って、抜き身を納めた。

由比進は飛び退いた。小刀を腰に戻した。

「天晴れ、天晴れ。意知、由比進に護衛してもらえば、安心だぞ」

意次が満足気に笑った。意知もまた、照れ笑いしながら、元の席に戻った。

「うちの意知は、からっきし武道の方はだめでな。道場で、一応の稽古はしていたが、身についておらぬ。作之介、さすが、おぬしの息子は身のこなしといい、咄嗟の判断力といい、素晴らしい」

意次は由比進に向いた。

「どうだ、由比進、息子の護衛をお願い出来るかな。お父上とともに、意知を守ってほしいのだが、頼めないか？」

作之介が由比進に向いた。

「由比進も異存はないな。お引き受けしなさい」

　由比進は顔をきっとさせて、意知を睨みながらいった。

「意知様が、さきほどの戯れを詫び、それがしで、いいとおっしゃるのなら、お引き受けいたします」

　由比進は意知をじっと見つめた。意知は喉元を擦りながら、慌てていった。

「それがしは構わぬ。いや、ぜひに、傅役をお願いしたい。それから先程の無礼は許されたい。悪かった。腕試しをしようなどとは、それがしの腕前で出来ることではないな。許してほしい」

「分かりました。お許ししましょう。そして、傅役、お引き受けいたします。なにとぞ、よろしうお願いいたします」

　由比進は意知に頭を下げた。

「こちらこそ、よろしう頼む」

　意知は真顔で由比進に頭を下げた。

「これはめでたい。契約は成立いたしたな。給金などは、いかほどにいたす？　希望があれば、いくらでも呑むぞ」

「それは、後程相談の上でお願いいたします」

由比進は意次に答えた。

意次はいった。

「傅役には、さっそく明日からでもお願いできるかな」

「はい。もちろんにございます」

「傅役は、常に意知の側にいてほしいのだが、将軍様がいる殿中、さらに奥だけは、たとえ傅役も出入り出来ない。控えの間で呼ばれるまで待つ。それ以外は若年寄の護衛として、どこにも出入り自由になる。いいな」

「分かりました」

由比進は大きくうなずいた。

「では、この話は、これで終いだ。ところで、作之介、ちと相談がある。一緒に書院に来てくれ」

「はい。由比進、おぬしは、ここで意知殿と今後のことをお話ししておくように」

「はい」

由比進はうなずいた。

田沼意次と作之介は連れ立って、廊下に消えた。

二人の姿が消えると同時に、意知が口を開いた。

「それがしの傅役になる以上、あらかじめ話しておかねばならぬことがある」

「何でございましょうか？」

「若年寄の役目柄、立ち合っても、目を瞑っていていてほしいこともある」

「それは、どのようなことでござろう？」

「幕政の秘事にまつわることだ。誰にどこそこで会い、どんな密談をしていたかなど、一切他言無用だ」

「承知いたしました」

「それから、それがしの私事についてだが、無用な干渉はしないでほしい」

「と、申されますと？」

由比進は首を捻った。

意知は笑いながらいった。

「おぬし、女子にもてるだろう」

由比進は面食らった。

「いえ、それほどでも」

「ははは。謙遜するな。その腕前も並みだというのか？」

「それがし、女子遊びはいたしませぬ」

「そう硬いことはいうな。おぬしにも、いずれ、いい女子を紹介してやる」

「ありがとうございます」

「それがし、こういっては何だが、親父に似て、好色だ。自慢ではないが、さまざまな女子に手を出し、遊んでいる。おもしろいぞ」

「それがしの趣味ではありませぬ」

「英雄色を好むというだろうが」

「それはそうですが、それがし英雄ではありませんので」

「おぬしはおぬしで好きにやればいい。その代わり、それがしのやることに口を出さないでほしい」

「それは、いかなことでござるか？」

「それがしは、いろいろな女子の家を訪ねることがある。そこで見聞きしたこと、一切他言無用だ。見ざる、聞かざる、言わざるだ」

「分かりました。見ても見ぬふり。聞いても聞かぬふり。言いたくても言わぬですな」

「天に誓って約束するか？」

「はい」

「その代わり、カネはたんまりと出す」

「カネで口封じでござるか。それがしには、無用でござる。それがしは、武士。約束を違えることはありません」

「それでいい。それを聞いて安心した。よろしく頼む」

意知はにんまりと笑った。

三

津軽富士こと岩木山は、まだ山頂に白い雪が斑模様になって残っていた。

山腹の木々は葉が芽吹き、山肌は淡い新緑に染まっている。

鳥越信之介は、ひんやりとした空気を胸いっぱいに吸い込み、気を取り直した。岩木川の川べりを歩きながら、考えをまとめた。

十二湖の鏡湖湖畔にあったエミシのナダ村は、ある宵、鹿取真之助率いる討伐隊によって焼き討ちされ、村人たちは老若男女を問わず皆殺しにされた。赤子は槍で串刺しにされ、燃える火の中に放り込まれた。

わずかに生き残ったのは、ただ一人、洞穴に隠れていた捨丸こと、のちの灘仁衛門だけだった。

灘仁衛門から聞いた話は、あまりに悲惨で、衝撃だった。

鳥越信之介は村人たちの血に染まった鏡湖を想像し、身の毛もよだつ思いだった。

両親家族をはじめ、ナダ一族の老若男女全員を皆殺しにされた灘仁衛門の恨みと悲しみは、信之介にもよく分かった。

捨丸は、惨劇を聞いて駆け付けた幕府公儀見廻り役の大道寺次郎佐衛門に助けられた。孤児となった捨丸を、子どもがいなかった大道寺次郎佐衛門は我が子として引き取り、一族ナダの名を残して灘仁衛門と名付けて育てた。

仁衛門が育ての親の大道寺次郎佐衛門に孝を尽くして、その命に従おうとするのもよく分かった。

仁衛門がナダ一族を皆殺しにした鹿取真之助を恨み、その息子の寒九郎を討とうという気持ちも分からないではなかった。

その一方で仁衛門にはアラハバキ族のひとりとして、安日皇子を支えてアラハバキ皇国を創ろうとしている寒九郎を許す気持ちもないではない。むしろ、アラハバキ皇国の安日皇子のため、寒九郎を討つべきではない、とも仁衛門は思いはじめている。

仁衛門の千々に乱れる気持ちは、鳥越信之介にも痛い程分かる。その唯一の解決策として、仁衛門は大道寺次郎佐衛門に孝を尽くすため、寒九郎と立ち合い、自ら負けて、死のうとすら思っている。

だが、仁衛門には、いまや香奈（かな）という愛する女がおり、さらに彼女のお腹に宿っている新しい生命がある。それを考えると、仁衛門は迷いに迷ってしまうのだった。

鳥越信之介は、仁衛門の話を聞きながら、どうしても氷解（ひょうかい）しない疑問が湧いた。

鹿取真之助が討伐隊を率いて、ナダ村に焼き討ちをかけたというのは本当なのか？

大道寺次郎佐衛門は、誰から、その話を聞いたのだろうか？

鹿取真之助は、その時、筆頭家老の津軽親高（つがるちかたか）の命令で、エミシ討伐隊を率いたということだったが、それも疑わしい。

エミシのナダ一族を皆殺しにした鹿取真之助が、エミシのアラハバキ皇国を創ろうとする？　変ではないか？　人は、そんなに心変わりするものなのか？

鹿取真之助は、ナダ一族を皆殺しにした後悔があったから、今度はアラハバキを支援するようになったというのか？

鳥越信之介は、すぐに十二湖から弘前（ひろさき）城下に取って返し、元家老の杉山寅之助（すぎやまとらのすけ）に、真相はどうなのかを訊いた。

鳥越信之介の話を聞いた杉山寅之助は腕組みをし、首を捻った。

「鹿取真之助がナダ村の村民を皆殺しにしたと申すのか？」

「灘仁衛門は、育ての親大道寺次郎佐衛門から、そういわれた、と申しております」

「信じられないな」

「それがしも、俄には信じられませぬので、調べたいと思いまして」

「うむ。私は、その当時、江戸屋敷に詰めていた。そんなことがあったとは、鹿取真之助自身からも聞いておらぬ」

杉山寅之助は、二十二年前といえば、まだ江戸家老として江戸屋敷に居た。

杉山寅之助が在所に戻ったのは、父の家老杉山巌之助が急逝したため、藩主津軽親丞に呼び戻され、急遽父の跡を継いで国家老になったからだった。二十年前のことだ。

当時の鹿取真之助は馬廻り組の小頭だった。その後、国家老になった杉山寅之助が鹿取真之助に目をつけ、馬廻り組頭に引き上げ、さらに物頭に取り立てた。

杉山寅之助によれば鹿取真之助は砺仙之助の娘を娶り、義父となった砺仙之助とともに、安日皇子を助けて、アラハバキ皇国を創ろうと奔走していた。

それを危険と思った筆頭家老の津軽親高や次席家老大道寺為秀ら守旧派が刺客を放ち、鹿取真之助を暗殺し、その妻を死に至らしめた。

そもそも大道寺次郎佐衛門とは、何者なのか？　名前からして、次郎佐衛門は次席家老の大道寺為秀の縁者のように思える。大道寺次郎佐衛門は信用が出来る人物なのか？

灘仁衛門は、養父の大道寺次郎佐衛門を信じ、その話に何の疑いも持っていない。疑ってはいけない、と考えている。そのため灘仁衛門は、鹿取真之助を憎み、息子の寒九郎を討ってナダ一族の恨みを晴らそうとしている。

鳥越信之介は、杉山寅之助に尋ねた。

「どなたか、当時の事情を御存知の方はおりませぬか？」

「ううむ。当時の右筆(ゆうひつ)は、みんな引退している。生きていても、自分が右筆時代に見聞きしたことは、いっさい忘れて、墓場まで持っていくしきたりになっている。だから、喋らないだろう。だが、藩の書庫に藩政を記したものはあるはずだ」

「ナダ村の焼き討ちについての記録があったら、いいのですが」

「分かった。私が、いまの右筆頭(がしら)に、記録を調べさせよう」

「生き証人がいればなおのことといいのですが」

「生き証人のう」

杉山寅之助は腕組みをし、考え込んだ。

「そうだ。そのころ、十二湖周辺の岩崎村をはじめとする郡の奉行をしていた武士がいる。いまは引退して隠居生活をしているが、あの者なら存じておるやも知れぬ」

「どちらにお住まいでござるか？」

杉山寅之助は座敷から家人に声をかけた。

「誰か、おるか」

その声に近侍の若侍が廊下に進み出て座った。

「御呼びでございますか？」

「うむ。おぬし、田山彦沙重門を存じておろうな」

「はい。田山のご隠居様でございますな」

「うむ。鳥越信之介殿を田山宅まで案内してくれ」

「承知いたしました」

若侍は素直に返事をした。

「鳥越殿、ただし、田山彦沙重門は、筆頭家老津軽親高の子飼いだった男だ。多少偏屈な老人だが、私の紹介だと知ると、話をしてくれぬかも知れない」

「筆頭家老派ですか」

「昔のことだ。いまは知らぬ」

杉山寅之助はにんまりと笑った。

田山彦沙重門の家は、武家屋敷町からほど遠くない町外れにあった。いかにも隠居家らしく、茅(かや)葺きのうらぶれた古い家で、昔は農家だった家を買い取って住んでいる様子だった。

鳥越が訪ねた時、田山彦沙重門は留守だった。庭で薪作りをしていた下男の年寄りが「旦那様は川に釣りに出たべ」と近くを流れる岩木川を指差した。

鳥越は若侍に、ここまででといい、屋敷に戻らせた。それから鳥越は、ゆったりと流れる岩木川の河畔へと足を向けた。

家を出てまもなく、春霞(はるがすみ)の中、岩木川の河畔で、のんびりと竿を出している老侍の姿があった。ほかに釣り人の影はない。

鳥越は岩木川の流れに沿った径(みち)を歩き、老侍に近付いた。

「ご老体、もしや、田山彦沙重門殿ではござらぬか?」

鳥越信之介は、新緑に萌(も)える岩木山を望みながら、川に釣り糸を垂らしている老侍に話しかけた。

年寄りは釣り糸の浮きが流れに乗って淀みに入るのを見ながら、鳥越を振り向いた。

「そういうおぬしは、土地の者ではないな。このところ、余所者が弘前界隈に出入りしているが、おぬしも、その一人か」

「さようでござる。それがしは、鳥越信之介と申す幕臣でござる。お初にお目にかかります」

「もしや、公儀なにがしとか申す者か？」

「はい。公儀見廻り組にござる」

「ほう、大層なお役目でござるな」

田山老人は、鼻をふんと鳴らして笑った。

「ご老体に、ちとお訊きしたいことがございまして、伺った次第」

「わしは、とうの昔に隠居した身、何を訊かれても、覚えておらぬぞ。すでにボケが始まっておってな」

田山老人は、竿を引き揚げた。釣り針に餌のミミズが付いていた。だが、水に浸かって、すっかり白くふやけていた。

「いまから二十二年前のことでござる。いったい、十二湖のナダ村で何が起こったのでござるか？」

田山老人は何もいわず、小さな木箱から新しいミミズを摘まみ出し、ふやけたミミズと取り替えた。

岩木川を渡る風は、まだ冬の名残りがあって肌寒い。

「もう二十年以上も前といえば、わしが郡奉行をしておったころのことじゃが、何も覚えておらぬな。何も記憶にない。年は取りたくないもの。耄碌もここに極まれりでござってな」

田山老人は嗄れ声でいい、ぐすりと鼻水を啜り上げた。郡奉行をしていたころは、五十五、六歳だ。いまは齢七十六歳になる。

鳥越信之介は黙った。無理に話を聞こうとすると相手は警戒する。

二人は黙ったまま、川を見つめた。

川は滔々と音を立てて流れている。山の雪は、ほとんど消え、森や林は新しい芽吹きの葉で若葉色に霞んでいた。

竿を大きく振り、新しい餌を付けた針を流れの上の方に放り込んだ。やがて、田山老はぼそりと口を開いた。

「おぬし、誰にわしのことを聞いて来られたのだ?」

白髪の頭を撫でながら、鳥越をじろりと細い目で見つめた。何の感情も浮かべていない目だった。

「元御家老の杉山寅之助様からお聞きしました。当時のことをよく知る者は、郡奉行をなさっていた田山彦沙重門殿ぐらいではないかと。それでお宅をお訪ねした次第でござる」

「ほう。杉山殿からわしの名を聞かれたのか」

老人は口元を歪め、苦笑いした。

「わしのこと、何と申しておった？」

「筆頭家老津軽親高殿の派閥の一人だと」

「いまは違う」

「どういうことでござるか？」

「筆頭家老の津軽親高派でも、次席家老の大道寺為秀派でもないということだ。もちろん、杉山寅之助殿の派閥ではござらぬがな」

「では、いまはどこの派閥にも与しないと申されるのか？」

「わしは、いいたいことをいう。たとえ、相手が藩主であれ、筆頭家老の津軽親高様であれ、間違っていることは、そういうことにしている。津軽親高様も、わしの頑固ぶりは存じておる」

杉山寅之助が、田山老は偏屈だといっていたのは、このことだな、と鳥越信之介は思った。

竿が大きくしなり、弓状になった。

田山彦沙重門は子どものように喜び、しなった釣り竿を引き揚げた。途中、急に竿が撥ねて立ち上がった。

「お、来たか」

田山老は舌打ちをし、引き上げた釣り針を見た。

「おう。元気のいいヤマメに食われたか」

田山は笑いながら、傍らの餌箱から細長いミミズを摘まみ出し、釣り針に刺した。それから、また竿を川面に垂らした。

流れの淀みに静かに竿を動かし、餌のミミズを、そっと水の中に入れた。

「では、田山様は誰にも気兼ねなく、お話しになれるということですな」

「何を聞きたいというのだ？」

「二十二年前、ナダ村が焼き討ちされ、ナダ一族の人々が女も子どもも年寄りもことごとく殺されたと聞きました。いったい、誰が、何のために、焼き討ちをかけて村人たちを皆殺しにしたのか、知りたいと思いましてな」

田山老はため息をついた。

「当時、藩領内の各地の村々は大飢饉に襲われましてな。各地に一揆が起こって、藩内は大荒れに荒れていた。藩はなんとしても、一揆を力で鎮圧せざるを得なかった」

「しかし、なぜ、ナダ村が」

「見せしめだ」

「見せしめですか？」

「さよう。村々の村民を扇動し、一揆を起こさせていたのがエミシだった。そのエミシを撲滅するため、十二湖のナダ村が選ばれた」

「ナダ村には、その一揆の扇動者がいたのですね」

「いや、違う。ナダ村はエミシたちの村だったが、一揆には無縁のエミシたちだった」

「では、なぜに？」

「ナダ村に、北の村々で一揆を起こしたエミシが追われて逃げ込んだ。ナダ村は彼らを匿った。一揆は起こさずとも、エミシの逃亡者を匿ったのは許せない。匿えば、どうなるのか、分かるように見せしめとして討伐したのだ」

「無体な」

「そう。わしも、後から知って、そこまでやるのはいかがなものか、と御家老の津軽親高様に申し上げた」

「筆頭家老の津軽親高殿が、そうやれと命じたのですか？」

「いや。そうではない。一揆対策は次席家老の大道寺為秀殿や三席家老の杉山巌之助殿が行なっていた」

「では、ナダ村の焼き討ちは、いったい誰の命令で行なわれたのでござるか？　大道寺為秀殿ですか、それとも杉山巌之助殿か」

田山老はじろりと鳥越信之介を見た。

「いまさら、誰が命じたかということもないが、あれは次席家老の大道寺為秀殿の命令だったはずだ」

「それは、どうしてでござるか？」

「当時、藩内で次席家老と三席家老は、激しく権力争いをしていた。次席家老は力でエミシ支配しようとし、三席家老の杉山巌之助殿は、エミシと共存共栄しようとしていた。筆頭家老の津軽親高様は、その両方を天秤にかけて、藩政を操っておったのだ」

鳥越信之介は唸った。

「そうでしたか。ところで、討伐隊を率いたのが、鹿取真之助だということですが、これは本当ですか？」

「鹿取真之助だと？　馬鹿な。率先して焼き討ちを行なったのは、いまの中老、当時の物頭だった桑田一之進だった」

「桑田一之進ですと？」

「そうじゃ。桑田は、ナダ村討伐の功績が認められ、中老に引き上げられた。まるで己れだけが手柄を上げたかのように吹聴しておったが、やつは後ろで采配を振るっておっただけだ」

田山老はからからと笑い、続けた。

「だから、津軽親高様に、中老桑田一之進が擦り寄って愛想を振り撒くのを見て、わしは津軽親高様に、あやつを信用なさるな、と申し上げた。津軽親高様は、わしの進言を斥け、あやつを信じた。それで、わしは潔く引退させてもらった。あんな男を信用するようでは、津軽親高様もどうかなさっている、先も見えたと思うてな」

鳥越信之介は笑いながら訊いた。

「桑田一之進は、どういう人物なのでござるか？」

「あいつは、もともとは次席家老の大道寺為秀殿の子飼いだった。それが大道寺為秀殿の分が悪いと見ると、筆頭家老の津軽親高様に取り入って、津軽親高派に席を移した。武士として何の矜持もない男だ」

「では、実際に焼き討ちをしたのは、いったい、誰なのでござるか？」

「藩の隠密卍組の赤目と青目たちだった」

「卍組？　そやつら、いまも次席家老の下で働いているのでござるか？」

「いるはずだ」

「どのような組なのでござる？」

「卍は我が津軽藩の紋どころだ。卍組は三つの忍びの組からなっている。赤目、青目、そして黒目だ。わしの耳に入って来た噂では、そのうち、青目と赤目はエミシに滅ぼされ、いまは黒目だけになっているそうだ」

「鹿取真之助は、その卍組なのでござるか？」

「いや。それはありえない。大道寺為秀殿は、物頭の桑田一之進にナダ村を焼き討ちしろと命じた。当時、まだ馬廻り組小頭だった鹿取真之助は大道寺為秀殿の命令を拒否した。そのため、大道寺為秀殿は、急遽、藩の隠密卍組に討伐の命令を出した。鹿取真之助は、それを聞き付け、ナダ村に早馬を出し、逃げろといった。だが、ナダ村の村長たちは、鹿取真之助を信用せず、動かなかった」

「そうだったのでござるか？」

「次席家老の大道寺為秀殿は、鹿取真之助を藩命に背いた廉で捕らえて処罰しようとした。それを知った家老の杉山巌之助殿が藩主津軽親丞様に助命嘆願し、鹿取真之助は危うく処罰を受けずに済んだ」

「驚きましたな。それがしは、その逆の噂を聞きましたが。鹿取真之助が焼き討ちした討伐隊を指揮していたと」

「いったい、誰からそんな話を聞いたのだ？」

「ナダ村の唯一の生き残りである灘仁衛門からですが」

「その灘仁衛門という男、いま何歳だ？」

「二十七、八歳でしょう」

「ということは、焼き討ちがあったころ、まだ五歳ぐらいか」

「裏の岩山にあった洞穴に隠れていて生き延びたそうでござった」

「唯一の生き残りだと？　そんなことはない。生き残りはほかにも大勢いた。村は焼き払われたが、女や子どもの多くは捕まり、北の追い浜のエミシ村に船で送られた。いまもナダ村の生き残りは追い浜に村を作って住んでいる」

「それは本当ですか？」

鳥越信之介は思わず田山老の顔を見た。

田山老は頭を振った。

「わしが嘘をついてどうするというのだ？」

「だとすると、もしかすると、灘仁衛門の両親や兄弟姉妹が生きているかも知れないわけですな」

「うむ。ナダ村を皆殺ししたという話は、藩が一揆を起こす連中への脅しで作った見せしめのための法螺話だ。一揆を起こすとこんな目に遭うぞと脅すためで、かなり嘘を交えてある」

「なるほど」

これは、さっそくに灘仁衛門に伝えねばならない朗報だ、と鳥越信之介は思った。

「その灘仁衛門は誰から、そんな話を聞かされたのだ？」

「大道寺次郎佐衛門という老侍だといっていました」

「なに、大道寺次郎佐衛門だと？」

田山老は考え込んだ。

「そのお方は将軍様の御意見番を任じていると。いまは将軍様も替わったので、身を引いて、江戸郊外の庵に隠居しているとのこと」

「その名前、聞いたことがあるな」

「大道寺の苗字からして、もしや、次席家老大道寺為秀殿の縁者ではないか、と思われますが」

「うむ。たしか、大道寺家は江戸に分家がおり、その分家の者が幕政にかかわっていると聞いたことがある。その分家の大道寺かも知れぬな」

川面（かわも）にあった浮きがくいくいっと引いていた。竿の先が弧を描いてしなった。

「おう。来たか、待っておった」

田山老は静かに竿を立てて、ゆっくりと懸かった獲物を川岸に引き寄せた。水間に銀色の鱗（うろこ）の魚体がきらめいた。

「おい、そのたも網を」

信之介はすぐに田山老の足元のたも網を取り上げ、川に入れた。田山老が竿を動かし、魚を岸辺に寄せる。信之介は静かにたも網を操り、暴れる魚を網で掬（すく）い上げた。

「おう、やりましたな。大物ですぞ」

たも網の中で銀色の鱗の魚がもがいていた。

「うむ。久しぶりの岩魚（いわな）だ」

田山老は満足気にふわふわっと空気が抜けるような声を立てて笑った。

信之介は川べりに浸けてある魚籠（びく）を引き寄せ、釣りたての岩魚を中に納めた。岩魚は口をぱくぱくさせていた。魚籠の中には、ヤマメも何尾か蠢いていた。

「若いの、おぬしが気に入った。どうだ、わしの家に来ないか」

「はあ、しかし、突然なのに、ご迷惑ではないかと」

鳥越信之介は、どうしようか、と思った。

田山老は上機嫌で笑った。

「遠慮するな。老妻と二人だけの暮らしだ。隠居生活だから、何ももてなすものはないが、幸い川魚が何尾も釣れた。これを焼いて、酒でも飲もうではないか。さっきの話の続きを聞かせるぞ」

「では、遠慮せずに、お邪魔いたします」

鳥越信之介は田山老に頭を下げた。

「おう、来い来い。今日はいい日じゃのう」

田山老はうれしそうに笑い、釣り竿を肩に掛けると、魚籠を鳥越信之介に渡して立ち上がった。

「付いて参れ。案内しよう」

田山老はさっさと川べりの路を歩き出した。鳥越信之介は魚籠を下げ、田山老のあとに続いた。

四

江戸城大廊下席上之部屋は人気なく深閑として静まり返っていた。

部屋には、松平定信に呼ばれた大目付松平貞親の二人だけがひそひそ話をしていた。

松平定信は腕組みをし、目を閉じていた。

「……。これ以上、あやつをのさばらせるわけにはいかぬ」

「はい」

「あやつ、御上の信頼が篤いのをいいことに、とんとん拍子に成り上がり、ついには老中の座までも手に入れた。家禄も六百石の軽身だった者が、いまや五万七千石の大身だ」

「はい。さようで」

「あまつさえ、それだけに満足せず、あやつは、次期将軍の一橋家にまで手を伸ばし、親族を側衆に付けた」

「さようでございまするな」

「息子の長男意知の妻には老中松平康福の娘を迎え、息子意正を側用人の水野忠友の養子にして親戚となった。さらに娘を井伊家に嫁がせ、姻戚関係を結んだ。そして、忠友を老中に付けた」

「はい」

「着々と将軍様の周辺を己れの縁者で固めておる。そして、あろうことか、今度は息子意知を若年寄に引き上げた」

「はい。さようで」

「あやつの狙いは、一つ。幕閣を手中に収め、己れの利得、権力欲のため、幕政を思うままに操ろうということだ」

「はい」

「さようなこと、許せるか?」

大目付松平貞親は苛立った顔の松平定信を見上げることもなく顔を伏せた。

「許されることではございませぬ」

「そもそも、あやつをのさばらせている家治が悪い」

松平貞親は、あたりを窺った。襖の向こう側には、護衛の近侍が控えている。田沼意次の名は、口にしていないものの、あやつが誰を指しているかは、誰でも察しはつく。もし、誰かが聞耳を立てていれば、松平定信の声は聞こえよう。

それでも、松平定信が声をひそめないのは、たとえ、誰に聞かれても平気だという自信があるからだった。それだけ、松平定信も、田沼意次を失脚させるため、必死の覚悟をしている証左でもある。

松平定信は、唸るようにいった。

「家治が後ろについている以上、正面切って、あやつを引きずりおろす手立てを取ることは出来ん。貞親、何か秘策はないか？」

「ないことはありませぬ。順風満帆の田沼意次殿の目論見を砕く方策は、ただ一つでござる」

「うむ。それは何だ？」

「お耳を拝借いたします」

松平貞親は、松平定信の側につつつと膝行し、定信の右耳に手を寄せて囁いた。

松平定信は、きっと眉を上げ、顔を松平貞親に向けた。

「なに、嫡男の弱点は、女子だと」

「さようでございます。その弱みを使えば」

「出来るのか？」

「出来もうす」

松平貞親は、松平定信の席から、元の自分の席に戻った。

「しかし、殿中では刀は御法度だぞ」

「近侍ならば、刀は携行出来ます」

「なるほど」

松平定信は顔をしかめた。

「しかし、最近、あやつは息子に、新たに腕が立つ者を付けたと聞いたが」

「はい。武田作之介にございますな」

「何やつだ?」

「例の谺仙之助の娘を娶った者にござる。武田作之介の甥が鹿取寒九郎でござる」

「その者たちが邪魔立てするのではないのか?」

「はい。しかし、彼らをしかるべき手によって排除すれば、田沼意知殿は丸裸でございます」

松平貞親は、田沼意知の名を口走り、一瞬ひやりとしてあたりを窺った。近侍たちの誰かが、田沼意次の味方だったとしたら、危険なことになる。しかし、こうなったら、松平定信様と一蓮托生、と松平貞親は覚悟を決めた。

松平定信は少しの間、考えた後、大きくうなずいた。

「よろしい。やってみよ。ただし、後腐れなきように。いいな。あくまで余は知らぬぞ」

「決して、お殿様には累が及ばぬようにいたします」

「うむ。良きに計らえ」

松平定信は、それだけいうと、すっくと立ち上がった。松平貞親は平伏して、松平定信が部屋を出て行く気配に耳を澄ました。


ドーン、ドーンと太鼓の音が城外に轟いていた。

下城を告げる太鼓の音だ。

大目付松平貞親は、控えの間に戻り、庭に目をやった。午後の陽射しが城郭の白い漆喰の壁をさらに白く照らしている。庭の松の木の長い影が白い塀に伸びている。

背後で襖が開き、人が入って来る気配があった。小姓の近侍が松平貞親の前に座った。

「大目付様、御呼びにございますか？」

「うむ。津軽に早馬を出せ」

「はッ」

「至急に江戸に戻れと伝えるのだ」

松平貞親は、手元の書状を近侍に渡した。

書状の表に、太い筆致（ひっち）で、鈎手（かぎて）の印が描いてあった。

「心得ました」

近侍は書状を手に取ると、松平貞親に一礼し、そそくさと部屋を出て行った。

庭の池の畔（ほとり）で、鹿威し（ししおど）の竹筒が鋭く甲高い音を立てた。

五

御隠居の大道寺次郎佐衛門が住む館は、竹林の中にひっそりと建っていた。

夕方近くになり、風が出て来たらしい。竹の葉がさわさわと音を立て、太い竹が揺すられている。

大目付松平貞親は、館の玄関先に立ち、訪い（おとな）を告げた。やがて奥から下男を従えた御女中が現われて式台に座って出迎えた。

「御隠居様から呼ばれたのだが、お目にかかれるだろうか？　病（やまい）の具合が悪かったら、引き上げますが」

「本日は、御気分が良さそうで、先程まで、起きておられました」

「さようでござるか。ならば、御挨拶出来そうですな」

「伺って参ります。大目付様、どうぞ御上がりになられ、座敷でお待ちくださいませ」

御女中は下男にお茶の用意をするようにいい、そそくさと廊下の奥に消えた。

大目付は下男の案内で、座敷に上がり、床の間に飾られている、竹林の中にいる虎を描いた掛け軸に目を留めた。

吉宗公から贈られた狩野派の絵師が描いた略筆墨画の掛け軸だった。御隠居お気に入りの絵だった。竹林から顔を覗かせた虎は目をらんらんと輝かせ、半開きになった口から、鋭い牙を剥き出しにしている。

御隠居は己れを竹林に潜む猛虎に見立てていたのかも知れない。

廊下に衣擦れの音がかすかに響き、先程の御女中が戻って来た。

「お目にかかるそうでございます。どうぞ」

「かたじけない」

松平貞親は御女中の案内で廊下を進んだ。

廊下は離れに続いていた。

「典医は、御隠居の容体について、いかが申されておりましたか?」

「正直なところ、お医者様によれば、いつ何時、倒れても仕方がないと申されていました」

「さようか」

松平貞親は唇を噛んだ。

御隠居が倒れたのは、先月の寒い朝のことだった。御隠居は右半身が利かなくなり、いまは寝たきりになっている。

「こちらでございます」

御女中は廊下に正座し、離れの間の障子戸を両手で引き開けた。

「御隠居様、大目付様が御見えになりました」

「入っていただけ」

嗄れた声が聞こえた。

松平貞親は袴の膝を摘まみ上げ、一段高くなった座敷へ入った。

「ごめんくだされ」

部屋には蒲団が敷かれ、白髪頭の老人が寝ていた。

「おう、大目付殿」

白髪の老人は掛け蒲団から、半身を起こそうと藻掻いた。御女中が素早く離れに入り、老人の軀を支え起こした。

「御隠居様、どうぞ、そのまま楽になさってくだされ」

松平貞親は老人を労った。

「そうはいかぬ。年老いたとはいえ」

老人は御女中に支えられながらも、己れの腕を付いて必死に軀を起こそうとした。

だが、どさっと蒲団に倒れた。御女中が抱え起こそうとした。

松平貞親は御隠居の前に正座し、両手をついて頭を下げた。

「ま、御隠居様、そのまま、そのままに。ご無理をなさらないでください」

「そうか。済まぬな」

御隠居は起きるのは諦めた様子で、御女中の手を握り、ゆっくりと床に横たわった。

「それがしを御呼びになられているとお聞きしまして、下城の後、こちらに駆け付けました。何の御用でございましょうか？」

「貞親殿、わしは、もう長くはない」

「御隠居様、そのようなことは、おっしゃらないでください。しっかり養生なさって、いつまでも長生きしていただかなくては……」

御隠居は何かいいかけて、激しく咳き込んだ。御女中が急いで急須の口を御隠居の口にあて、水を飲ませた。御隠居は一口、二口の水を口に含み、喉を潤して咳き込むのを止めた。

「……死ぬ前に、おぬしに頼んでおきたいことがある」

「何でございましょう?」

「灘仁衛門のことだ。仁衛門には、可哀相なことをした。それが心残りで、死んでも死にきれない」

松平貞親が何か慰めの言葉を口にしようとしたら、御隠居はまだ利く方の左手を振って、黙って聞けという仕草をした。松平貞親は黙った。

「仁衛門に、わしは最期の頼みとして、ある密命を与えてしまった。仁衛門にとっては、非常に辛い密命だ」

「さようでございますか。して、その密命と申されるのは何でございます?」

「御隠居様、わたくし、席を外させていただきます」

御女中が、気を利かせて立とうとした。御隠居が御女中の手をしっかりと握り、離さなかった。

「いい。お峰、いまとなっては、ぜひとも、おぬしにも聞いておいてほしい」

「でも、わたくしは……」

「おぬしにも、関係があることだ」

「わたくしにも？」

「うむ。お峰、おぬし、密かに仁衛門を慕っておったのではないか？」

「さようなことはございませぬ」

　お峰と呼ばれた御女中は真っ赤な顔をした。

「ほうれ。赤くなったではないか。老いたりといえど、わしの目はごまかせぬぞ。おぬしの仁衛門を見る目を見れば、おぬしが恋心を抱いているのがよく分かる」

「…………」

　お峰は黙って俯いた。

「聞いてくれ。わしは仁衛門にある嘘をついた。生きている間に、わしは仁衛門に正直に教えてやらねばならないことがあるのだ。そうでないと、わしは安心して三途の川を渡り、冥途に行けないのだ」

　松平貞親は、大道寺次郎佐衛門に話しかけた。

「御隠居様は仁衛門にどんな嘘をついたというのでございまするか？」

「仁衛門の一族はナダ村で皆殺しにされ、両親兄弟姉妹もいない孤児だと、わしは教え込んだ。そして、仁衛門を子どものころから大人になるまで、倅のように育てた。だから、仁衛門は、本当の親よりも、わしに恩を感じ、わしを育ての親として敬ってくれた。だが、本当は、天涯孤独ではない。仁衛門の父親は亡くなったが、母親と、血を分けた兄弟姉妹は生き延びているのだ」

「なるほど。母親や兄弟姉妹は、いずこに居るのでござるか？」

「津軽半島の追い浜のエミシ村だ」

「さようですか」

「仁衛門は育ての親と思うわしの密命を忠実に守り、それを果たそうとするだろう。どんなことがあろうともな」

「その密命と申されるのは、何でござるか？」

「大目付殿、それはおぬしにも関係があることだ」

「それがしにも関係があると申されるのか？」

「さよう。密命は、鹿取寒九郎を葬り去ること」

松平貞親は、きっと鋭い目を大道寺次郎佐衛門に向けた。

「大目付殿、おぬしも、子飼いの刺客、笠間次郎衛門（かさまじろうえもん）に鹿取寒九郎の命を奪うよう、密命を与えたであろう」

「どうして、そのようなことを」

「存じておるのか、というのか。老いたりといえども、わしは天下の御意見番、そのくらいのことを知らないで、役目は果たせない」

御隠居は力なく笑った。

「笠間次郎衛門は、寒九郎に勝負を挑み、あえなく返り討ちに遭った。そうであろう？」

「よう御存知で」

松平貞親は笑いでごまかしながら頭を振った。

「その要請は、田安家の松平定信様からなされたもの。違うかな」

「…………」

松平貞親は何と答えたらいいのか、迷いに迷った。

「大目付殿、答えずともいい。わしも、松平定信様から、同様のことを打診されたのだから。寒九郎を亡き者にせよ、と」

「さようでござるか」

「おそらく仁衛門は、律儀にわしの密命を実行しようとするだろう。きっと寒九郎を討つ。命を捨てても、わしのために密命を果たす。そう思うと、わしはいまごろになって、良心の呵責に苛まれているのだ」

大目付は内心で思った。灘仁衛門は、笠間次郎衛門が出来なかったことをやるかも知れない。

「仁衛門は、わしの命令を守るあまり、わしが死んだ後になっても、寒九郎の命を狙い、笠間次郎衛門のように返り討ちにされかねない。そうしたら、母親や兄弟姉妹に会えずに、命を落とすやも知れない。わしは、それを思うと、わしの密命を解いてあげたいのだ。そして、仁衛門には、母親や兄弟姉妹が生きていることを告げ、探しに行かせたいのだ。そこで、大目付殿、お峰、二人に頼みがあるのだ」

「いかな頼みでござろうか？」

松平貞親はしっかりと御隠居の目を覗いた。

「はい。御隠居様、何の頼みでございますか？」

お峰も神妙な顔をした。

「仁衛門に、いまわしがいった真実をすぐに伝えてほしいのだ。おまえには、家族がいると。わしの密命を忘れて、生き永らえろ、と。密命は守らないでいい、とな。これはわしの遺言だ」

御隠居はお峰の手をしっかりと握った。その顔で松平貞親をじっと睨んだ。

「大目付殿、お峰、わしの遺言を引き受けてくれるか？」

「分かりました。その遺言、たしかにお引き受けします。それがしとお峰殿がお聞きしました。仁衛門に、ぜひとも、その伝言をお伝えしましょう。お峰殿もいいな」

大目付はお峰に目をやった。

「はい。大目付様」

お峰は深々とうなずいた。

「二人とも、引き受けてくれてありがとう。これで、わしは、いつでも安心して死ねる」

御隠居は大きくため息を付き、目を閉じた。

「お峰、わしは、ちと疲れた。少し眠る」

「そうなさいませ」

お峰は、優しく御隠居の手を蒲団の中に入れて離した。

御隠居は目を閉じてまもなく、眠りが訪れたらしく、すやすやと寝息を立てはじめた。

お峰は御隠居の軀が出ていないよう確かめ、掛け布団を御隠居に掛けた。

「では、それがしも、失礼いたす」

松平貞親は、御隠居に頭を下げた。

貞親は、そうしながらも、頭の中では、猛烈に計算していた。

笠間次郎衛門という刺客を失ったいま、育ての親大道寺次郎佐衛門の呪縛(じゅばく)が解けない灘仁衛門は、貴重な存在だった。御隠居の呪縛が解けないうちに、灘仁衛門を己れの刺客として雇う手立てはないものか?

松平貞親は、御隠居の館を暇乞(いとまご)いした後も、竹林の中を歩きながら、ずっと灘仁衛門をいかに使うかを考えていた。

第二章　陰謀の江戸

一

「先生、ただいま戻りました」

「おう。大吾郎(だいごろう)、戻って来たか？　武田由比進も一緒か」

大吾郎と由比進は連れ立って、起倒流(きとうりゅう)大門(だいもん)道場に老師大門甚兵衛(じんべえ)を訪ねた。

大門老師は、ちょうど子どもたちに柔術や体術を教えていたところだった。

「ちょっと待て。おい、みんな、稽古は終わりだ」

「先生、ずるーい」

「まだ始まったばかりじゃないか」

「もっとやろうよ」

子どもたちは口々に文句をいった。

大門は子どもたちに稽古終わりを告げた。

大吾郎は懐かしかった。

大門が教える柔術、体術は一風変わっていた。道場や庭の草っ原を駆け回り、草地を転げ回り、木に登ったり、川で水浴びをする。いろいろな遊びをしながら、子どもたちの軀を鍛えた。何より大勢での鬼ごっこや陣取り合戦、木の上の隠し砦造りなどは、大吾郎にとってわくわくする遊びだった。

「先生は疲れた。本日は、これで終わりだ。みんな、夕方まで、好き勝手に道場で遊んでよし」

子どもたちは、わーっと歓声を上げて、道場の中を駆け回った。

大門老師は、やれやれと疲れた様子で、見所にどっかりと腰を下ろした。

「わしゃ、歳だわい。年寄りにとって、子ども相手の稽古は、なかなか骨じゃわい」

「先生、まだまだお元気ですよ」

大吾郎は笑いながら、手にした大徳利を老師に差し出した。

由比進もアジの干物を手に下げていた。

「先生、これを肴に花見というのは、いかがですか」

道場の庭の桜が、ほぼ満開に咲いている。

「おう、ふたりとも、わしの好みのものを持って来るとは、よう気が利くようになったのう」

大門は嬉しそうに笑い、酒と肴を受け取った。

「ちょうどいい時に来た。今日は左近がまもなく顔を出す日だ」

「じつは橘左近先生から、本日、大門先生と会う約束になっていると聞いたので、われらもご一緒させていただこうと、酒と肴を持って来たんです」

由比進は笑った。大吾郎が続けた。

「ちょうど、道場の庭の桜も満開だと聞きましたんで、先生方がお会いになるなら花見をするのだろう、と」

「そうか。見透かされたか」

大門は嬉しそうにうなずいた。

「ごめんくだされ。大門はおるか？」

玄関先から大声の訪いが聞こえた。聞き覚えのある声だった。

子どもたちが玄関に駆け寄った。

「おうおう。左近だな。噂をすれば影だ」

大門が立ち上がろうとした。

「先生、それがしが」

大吾郎が急いで玄関に駆け付けた。

やがて、子どもたちに囲まれた左近が大吾郎とともに戻って来た。

「大門、あいかわらず、ここは子どもたちで賑やかだな。明徳(めいとく)とは大違いだ」

左近は子どもたちに持参した千歳飴(ちとせあめ)を、大吾郎に配らせた。子どもたちは大吾郎に群がり、一本ずつ飴を受け取った。

「飴を貰ったら、外で遊べ。左近先生に礼をいうんだぞ」

「先生、ありがとう」

「ありがとう」

子どもたちは、左近につぎつぎに礼をいっては道場の外に駆けて行った。

賑やかな子どもたちの声が外から聞こえてくる。

「では、わしらは花見と行きますか」

大門は道場の縁側に促した。縁側からだと、満開の桜が目の前に見える。

大吾郎と由比進は、さっそくに台所から七輪(しちりん)を持ち出し、庭に運び出した。大吾郎は手慣れた様子で、火熾(おこ)しに取り掛かった。

大門と左近は縁側に座り、湯呑みに酒を注いで、桜を眺めつつ酒を酌み交わしはじめた。

「いまごろ寒九郎は何をしておるかのう」

大門は桜を見ながら嘆息した。

大吾郎が団扇で七輪の炭火を煽りながら答えた。

「我らが行った時、すでに十三湊を離れ、白神山地に籠もったと聞きました」

大門は唸った。

「そうか。白神山地か。白神山地は谺仙之助が御新造の美雪殿と籠もった地だな」

橘左近もうなずいた。

「仙之助は白神山地で激しい修行を行ない、ついに谺一刀流を編み出した。きっと寒九郎も、同じ伝で谺一刀流を身に付けようと、白神山地で修行をしておるのではないか」

「もし、わしがおぬしたちのように若くて体力があったら、寒九郎を追って白神山地に籠もって一緒に修行をするところだろうが」

「もう無理だのう。お互い、軀が昔のようには動かない。せいぜいが、道場で若い門弟相手に稽古をつける程度だ。それでも、最近はしんどい」

「お互い、よく、ここまでやったと褒め合おうではないか」

大門と橘左近は、湯呑みになみなみと注いだ酒をぐいっと飲み干した。

由比進と大吾郎は、一応湯呑みを口につけたが、飲むのは控えた。

「おう、どうした？　飲まないのか」

大門が大吾郎と由比進の湯呑みを覗き、まだ酒が入っているのを見ると、左近の湯呑みに大徳利を傾け、ついで自分の湯呑みになみなみと注いだ。

七輪の炭火にかかった網の上でアジの干物が香ばしい匂いを立てていた。大吾郎が箸でアジの干物を裏返した。

大門が大吾郎と由比進に訊いた。

「今回も、わしたちの時同様に、何人か腕自慢の若者が選ばれて、刺客として津軽に送られたが、おぬしたち、現地で彼らの噂は聞いておるか？」

「はい。聞きました」

「誰の噂だ？」

「まず、笠間次郎衛門殿。十三湊の浜で、寒九郎と立ち合い、寒九郎に斬られたと」

「死んだのか？」

「はい。笠間次郎衛門殿は斬死（ざんし）したと聞きました。寒九郎も手負い傷を負ったとも」

由比進が答えた。

「さようか。笠間次郎衛門は、たしか、大目付松平貞親の下命で出掛けたのではなかったか。のう左近」

大門は左近に訊いた。

「うむ。そう聞いている」

左近は静かに湯呑みの酒を飲んだ。

「それから？」

「江上剛介の噂も」

「明徳の江上剛介だな。左近、誰が派遣した？」

「御上だ」

「御上といっても、上様ではあるまい？」

「家治様ではない。家治様は田沼意次殿のいいなりだ。安日皇子様を敵視していない」

「では、田安家の松平定信様か？」

「そうだ。松平定信様は田沼意次様を嫌っておる。どこかで出し抜こうとしている。その手段に使われる若者は悲惨だ。いくら功名心に逸っても、毒饅頭を食らったら未来がない。それが、江上剛介にも見えなかった。いくら諭（さと）しても、わしのいうことに耳を貸さなかった」

「自業自得とはいえ、命じた御仁（ごじん）は少しも傷つかない。悲惨だよな」

大門はため息をつき、大吾郎と由比進に向いた。

「それで、江上剛介は、どうした？」

「我らが江戸に戻るころには、弘前（ひろさき）城下で次席家老の大道寺為秀の館（やかた）に入ったという話でした。そこで、寒九郎が白神山地から出て来るのを待つらしい、と」

由比進はそういい、湯呑みの酒をごくりと飲んだ。大吾郎が箸でアジの一枚を摘まみ上げた。

「焼けました。師匠、どうぞ」

大吾郎はアジを大門に差し出した。

「おうよしよし」

大門は嬉しそうに笑い、アジを素手（すで）で受け取ると、「あちちち」といいながら、半分に引き裂いた。

「大吾郎、由比進、まずおまえたちが食え」

「ですが」由比進は遠慮した。

「いいから、若い者から食べろ。わしらは酒がある」

左近は由比進と大吾郎に顎をしゃくった。

「じゃあ、いただきます」

大吾郎がアジの半身を手で受け取り、丸齧(かじ)りした。由比進も笑いながら、残りの半身を手に取り、頰張った。

「あちちち」

大吾郎と由比進は湯呑みの酒を口に入れて冷やした。大門が二人にいった。

「ほかに、灘仁衛門という男もいたな。彼の話は聞いていないか？」

「聞きました。彼はエミシ村に詳しいとかで、白神山地まで寒九郎を追って入ったと聞いていますが、その後、どうなったかは知りません」

「もう一人、鳥越信之介という北辰一刀流(ほくしんいっとうりゅう)の遣い手がいたと思うが」

「ああ。鳥越信之介殿の話は十三湊の宿で聞きました。彼は公儀見廻り役ということで、廻っていたようですが、刺客ではなかったように思いました」

「そうか。わしらが聞いた話では、彼も御上の命令で津軽へ派遣されたことになっている。ただし、こちらの御上は、誰かがはっきりしていない。噂では、家治様、あるいは田沼意次殿ということだが、その場合、刺客ではなく、何か別の密命を帯びていると……」

「わしも、なぜ鳥越信之介が派遣されたのか、その目的は聞いていないな」

左近もうなずいた。

「もう一枚も焼けましたぞ」

大吾郎が網の上のもう一枚のアジを摘まみ上げた。網の上でふたつに割り、大門と左近に差し出した。

大門は、焼けたアジの半身を食べながら、つくづくという思いでいった。

「大吾郎、由比進、こんな風にわしたちと過ごすことがどんなに充実した、いい時間だったか、いずれ思い出す」

「そうだ。人生は長いようで短い。とくに大事な時間は、矢のように過ぎて行く。若い時はそれを知らないで過ごしてしまう。親から貰った軀と命は大切にしろ」

左近も嘆息し、また酒を飲み干した。

由比進と大吾郎は、アジを齧りながら、そのしょっぱさを味わった。涙のような味がした。

二

津軽藩江戸上屋敷。

深夜、月明かりの中、門の通用口の前に三人の人影が立った。三人は、いずれも一文字笠を被った旅姿の侍だった。

一人が通用口の戸を叩き、残る二人が周囲を警戒している。何度か戸を叩くうち、中から返事があった。

「夜分、恐れ入る。我ら在所から参った者。至急に御家老様にお目通り願いたい」

やがて通用口の戸がそっと開いて、門番が顔を出した。

「…………」

男は門番に何事かを告げ、通行手形を出した。門番は手形を受け取り、中に引っ込んだ。

しばらくすると、また通用口の戸が開いた。

「どうぞ、お入りくだされ」

門番は男たちを中に招き入れた。男たちは無言のまま、あたりを窺うようにして、屋敷の中に消えた。

屋敷の近くの常夜灯の陰で、黒装束の人影が動いた。黒装束の影は三人の男たちが屋敷に入るのを確かめると、築地塀(ついじべい)の陰を伝わり、いずこかへと去った。

静まり返った屋敷の中、江戸家老の書院だけは、燭台の蠟燭(ろうそく)の炎が明るく灯っていた。上座に座った江戸家老大道寺為丞(ためすけ)は、書状を巻き戻しながら、在所からの三人の男たちと対面した。

「して、兄者(あにじゃ)はお元気なのだろうな」

「はい。御家老の大道寺為秀様はすこぶるお元気にございます。くれぐれも、御用心をと申されていました。御油断めされるな、と」

「分かっておる。ところで、兄者の手紙に在所の卍組は壊滅とあったが、真(まこと)のことか？」

「遺憾ながら真にございます」

大道寺為丞の後ろに控えた人影が軀を起こした。低い濁声(だみごえ)が書院に響いた。

「青目のみならず、赤目も鹿取寒九郎たちに壊滅させられたと申すのか？」

「はい。黒目頭(がしら)様」

黒目頭と呼ばれた影は、蠟燭の明かりに照らされ、大道寺為丞の脇に膝行して正座した。

「報告せよ」

「はッ。赤目頭赤衛門様斬死。小頭二人もまた斬死。いずれも寒九郎たちと、彼らに加勢するカムイ率いる狼の群れに襲われ……」

「なに、カムイ率いる狼の群れだと？」

「はい。巨大な白狼に率いられた狼の群れでございました」

「おぬし、見たのか？」

「この目で確かに。あれは白神のカムイに間違いござらぬ」

「それで赤目組は壊滅したと申すのか」

「はい。生き延びた者は、わずか八人。うち、五人は重傷のため、在所で療養しております。軽傷だった我ら三人が、こうして江戸へ参ることが出来たわけでござる」

「おめおめと江戸まで逃げて来たとは情けない。赤目組の成れの果てというわけか」

「……まこと面目なく……」

三人は項垂れた。

大道寺為丞は腕組みをし、傍らの黒目頭に向いた。

「黒衛門、責めるな。こやつらだとて口惜しいのだ。次の機会には面目を取り戻そうと決意しておる」

「……御家老様、こやつらを我が黒目組に引き取る以上、黒目の頭として、いっておかねばならぬことがございます」

黒衛門は、三人に向き直った。

「赤目はどうだったかは知らぬ。黒目には黒目の掟がある。本日ただ今より、赤目の垢は捨てろ。黒目の掟は、ただ一つ、一度戦場に出たら、生きて帰ろうと思うな」

「はッ」

三人は声を揃えて返事をした。

大道寺為丞が取り成すようにいった。

「こやつらは、はるばる江戸まで寝る間も惜しんで駆け付けたのだ。今夜は休ませてやれ。風呂に入って汗と疲れと汚れを流せ。おぬしら、臭いし、むさい」

大道寺為丞は着物の袖で鼻を覆った。黒目頭がいった。

「御家老様のお許しが出た。下がれ」

「はッ」

「では、休ませていただきます」

黒衛門は廊下の襖に向かっていった。

「こやつらを風呂場に案内せい。着替えも用意するんだ」

「はッ。心得ました」

襖が開き、黒装束の女が頭を下げた。

「赤目たち、こちらへ」

三人の赤目は大道寺為丞と黒目頭に頭を下げ、後退りして廊下に出て行った。三人が部屋を出ると襖が静かに閉められ、やがて廊下に人の気配がなくなった。

黒目頭は膝行し、三人が座っていた席に正座した。蠟燭の炎が揺らめいた。

「黒目頭、あやつら、二度と失敗はせんだろう。上手く使え」

「御家老様、あの三人の赤目、信用なりません。一度失敗した者は、必ず二度目も失敗します。失敗は許されません」

「さようか。では、どうする？」

「お任せあれ。捨て駒として使いましょう」

黒目頭は濁声でいった。

大道寺為丞は黒目頭に向き直り、鋭い目で睨んだ。

「ところで、黒衛門、御上から御下命があった。若年寄の周辺をきれいに掃除しろ、との仰せだ」

「はい。すでに手を回しております」

「まだ直接には手を出すな。まずは若年寄から身を引かせるように仕掛けるのだ。陰謀は陰謀であることに意味がある。御上の指示があったと臭わせてはならぬ。よいな」

「はい。心得ております」

「もちろん、ことを起こすにあたり、決して我が藩が背後にいると悟られぬようにしろ」

「はい。卍の名誉を汚すようなことはありません。どうぞ、ご心配なく」

「兄者の手紙によると、あの鹿取寒九郎は、どうやら谺一刀流を復活させたらしい。真正谺一刀流と名乗っている。一層手強くなったぞ」

「我らは赤目でも青目でもありません。卍組筆頭組である黒目です。赤目の二の舞は演じませぬ」

「その言葉、忘れるな。兄者によれば、御上の指示で、鈎手たちも江戸に来ることになった」

「鈎手たちが？　何のためでございますか？　我らがいるというのに。我らでは力不足というのですか？」

　黒目頭は不満気にいった。

「御上には御上のお考えがある。おぬしらは、御下命があったことをきちんとやればいい。鈎手組には、別の御下命があったのだろう」

　大道寺為丞は、低い声でいった。

「ともあれ、御上は本気になられた。今度こそ、田沼意次を追い落とすおつもりだ。安日皇子に皇国も創らせない。そのためにも、なんとしても、邪魔者鹿取寒九郎を潰せ、と仰せだ。それには、寒九郎が白神を離れ、江戸に戻るように画策せよ、とのことだ。江戸に戻れば、寒九郎はただの剣術遣いだ。安日皇子のアラハバキ皇国創りなど出来やせぬ。我が藩にとっても、煩わしい寒九郎が領内にいなくなれば喜ばしい。黒目頭、やれるな」

「御心配なされるな。黒目は、寒九郎を江戸におびき寄せるための秘策を持っております。まあ、見ていてくだされ」

　黒目頭は濁声でいい、不敵に笑った。

　夜の空を鳥が不気味な鳴き声を上げて渡って行った。

三

空は晴れ渡り、津軽富士の岩木山が築地塀の屋根瓦の上に聳えていた。

江上剛介は縁側に腰を掛け、茶を啜っていた。

庭の白梅、紅梅が満開に咲き誇っていた。仄かに花の芳しい薫りが漂っている。

「ほんとうに綺麗でございますね」

郁恵が茶筅でお茶を点てるのをやめて、白梅に見惚れながらいった。

「さようでござるな」

江上剛介はそう答えながら、ふと気付いた。

いや、花の薫りではない。後ろの座敷に座っている郁恵の芳しい香りだ。

郁恵は次席家老大道寺為秀の孫娘である。母絹枝と里帰りしていたが、正月が終わっても、郁恵はお茶や作法見習いを口実に、母と別れて、弘前城下の祖父母の邸に引き続き滞在していた。

「今年の季節は変ですよ。いま実家の庭では、梅と一緒に桜も早咲きしはじめたそうです。まるで花たちが春を競うように」

郁恵は白梅、紅梅に見とれた。

「郁恵殿は、実家にはお帰りにならないのですか？」

「はい。しばらくは、こちらに居たいと、母にわがままをいっています」

剛介は、なぜに、とは問わなかった。郁恵が、祖父大道寺為秀の邸に留まるのは、己れがいることも理由の一つになっていると、うすうす気付いていたからだった。

剛介もまた郁恵がいる毎日がいつまで続くのか、と思っていた。出来ることなら、この平穏な日々が永遠に続けばいいのに、とも思う。

「剛介様は、いつまで、こちらにおいでになられるのです？」

剛介は、はっとして郁恵を振り向いた。郁恵は肩をすぼめて、下を向いていた。うなじまで赤くしていた。

郁恵が江上剛介を剛介様と呼んだのは、初めてだった。剛介は、気付かないふりをした。

「それがしは、いつまで、こちらに居られるか、分かりません」

己れには御上からの密命が下っている。アラハバキ皇国を創ろうとしている安日皇子を暗殺すること。それを邪魔するであろう護衛の鹿取寒九郎を始末すること。

いま、安日皇子は夷島に渡っていて、十三湊には戻っていない。鹿取寒九郎は、白神山地に籠もって、剣の修行をしていると聞く。

いずれにせよ、この春に、安日皇子と寒九郎のいずれもが戻って来る。そうなれば、江上剛介は、邸を出ることになる。

「それがし、いつまでも無為徒食のまま、こちらに居候をさせていただくわけにもいきません。この春が終われば……」

郁恵が遮るようにいった。

「剛介様が居られる限り、私もこちらに居たいと思っています」

「………」

剛介は思わず郁恵を振り向いた。

郁恵は切羽詰まったように大きく眸を開いて、剛介を見つめていた。何をいおうとしているのか、剛介にもおおよそ察しはつく。剛介は口を噤んだ。

廊下に大股で歩く足音がした。足音は部屋の外に止まり、襖ががらりと開いた。

「入るぞ」

大道寺為秀の声が響いた。背後に女中を従えていた。

剛介は、抹茶を飲み干した。

大道寺為秀がじろりと郁恵を見た。

「なんだ、郁恵、またこんなところで遊んでおったのか」

「江上剛介様にお茶を点てておりました」

「江上剛介殿の邪魔をしてはならんぞ」

「いわれなくても分かっております」

郁恵は頬を膨らませ、お茶の道具を片付けると、立ち上がって部屋を出て行った。入れ代わりに、女中が入って来て、後片付けをした。

大道寺為秀は江上剛介の側に、どっかりと胡坐をかいた。

「江上殿、細作から報せがあった」

大道寺為秀は、いったん口を噤み、女中に部屋を出ろと目で命じた。女中は片付けを終えると二人に頭を下げ、部屋を出て行った。

「春になって、またぞろネズミたちが動き出したぞ。白神山地に籠もっていた寒九郎が、十二湖に降りようとしている。おそらく港に出て、十三湊に行こうというのだろう」

「安日皇子殿も戻るのですか？」

「うむ。夷島の安日皇子が十三湊に戻って来る支度をしているそうだ。すでに何隻も安東水軍の船が夷島に迎えに向かった」

「…………」

江上剛介は、いよいよ、その時が来るのか、と先刻までの甘い気分を捨てた。

「ところで、最近、おぬしは勝俣道場に出入りしているそうだな」

大道寺為秀はじろりと江上剛介を睨んだ。

「はい。それがし、勝俣先生から神夢想林崎流居合術を習っております」

「まずいな。おぬしは、余所者だから、分からないのだろうが、あの勝俣章衛門は、わしと反りが合わぬ杉山寅之助に通じておる。勝俣から何か訊かれたか？」

「はい。どこに身を寄せているか、と」

「まさか、わしの屋敷にいるといったのではあるまいな」

「正直に、こちらにお世話になっていると申しました」

江上剛介は平然といった。大道寺為秀は顔をしかめた。

「そうか。で、勝俣は何と申した？」

「何も」

大道寺為秀は怪訝な顔をした。

「何か訊かれなかったか？」

「はい。何も訊かれませんでした」

「嘘だろう。やつは、わしに反感を持っている。何か訊いたはずだ」

「いえ。何も訊かれませんでした。それがしは、ただ神夢想林崎流の居合を習いたいと申し上げ、先生も何もいわず、受け入れてくれたのです」

「ふうむ。そうかのう」

　大道寺為秀は疑い深そうに江上剛介を眺めた。

「で、居合は習得出来たのか？」

「まだ完全には習得出来ませんが、それなりに」

「ここで居合を披露してくれぬか」

　大道寺為秀はにやにや笑った。

「居合は見せ物ではありません」

「いいではないか。わしを斬るつもりで」

「お断わりします」

「なぜだ？」

「あなたが死にます」

「馬鹿な。ただ居合の形（かた）を見せるだけだぞ」

「居合は刀を抜かずに相手を斬る術です」

「刀を抜かずに相手を斬るだと！」

大道寺為秀は冷ややかに笑った。

「そんな馬鹿なことが出来るものか。いいから、わしを相手にやってみろ」

「どうしてもですか？」

「どうしてもだ。居合を見せねば、今後、勝俣の道場に通うことを禁じる」

「禁じるですと、どうやって？」

「どうやってだと？　わしは御上の代理だぞ。わしの命に逆らうのか」

大道寺為秀は真っ赤な顔で怒鳴った。

剛介は、静かにいった。

「止むを得ません。先生から禁じられておりますが、それがしの居合、お見せしましょう」

「そうだ、それでいい。初めから、素直にわしのいうことを聞けばいいのだ」

剛介は立ち上がり、刀掛けから大刀を取り上げた。それからゆっくりと大道寺為秀の前に膝を揃えて正座した。大刀を軀の左側に添えて置いた。

「さあ、どうする？」

「では、それがしを抜き打ちで斬るつもりで、そこにお座りください」

大道寺為秀は剛介の対面に座り、小刀の柄に手をかけた。

「こうか？」

「では、本気でそれがしを斬るつもりになってください」

「本気で斬るぞ」

大道寺為秀は、にやりと笑い、小刀に手をかけ、片膝立ちになった。本気で斬る構えをした。

大道寺為秀と剛介の間は、一足動かなくても、容易に小刀で斬ることが出来る斬り間だ。

大道寺為秀は腰の小刀の柄を握り、殺気を放ちはじめた。本当に小刀を抜き打ちで払い上げれば、剛介の喉元を斬り払うことになる。

大道寺為秀は本気で斬るつもりで臨んだ。

「さあ、やってみろ」

「…………」

剛介は黙って大道寺為秀と対した。目を半眼にし、大道寺為秀をじっと睨んだ。

「…………」

剛介は何もいわず、大道寺為秀を半眼で見つめ、じりじりと気を高めた。

こやつを斬る。斬る。斬り捨てる。

大道寺為秀は、剛介が放つ猛烈な殺気を感じて押し黙った。

こやつを斬る。本気で斬る。

剛介は想念する。

大道寺為秀の腕が小刀を抜こうとする。その一瞬の腕の筋肉の動きを捉え、剛介の左手が大刀を摑む。摑むと同時に右手で柄を摑み、刀を抜き、大道寺為秀の首を斬り払う。

何度もくりかえし同じ動きを想念した。

剛介の顔は怒気を含み、赤鬼の形相になった。さらに殺気が膨れ上がっていく。爆発の臨界が始まった。

大道寺為秀の呼吸は乱れ、軀は殺気に押されて動けなくなった。少しでも手を動かせば、即剛介の刀が抜き放たれ、己れの首を払う。

大道寺為秀の顔は青ざめ、たらたらと額から汗が流れ出した。金縛りにあったように軀が硬直している。殺気に気圧され、大道寺為秀ははたと小刀の柄から手を離した。

「参った。待て」

大道寺為秀は呻くようにいい、手で剛介を制した。

「分かった。おぬしのいうことが分かった。もういい。やめだ」

「…………」

剛介は静かに呼吸をくりかえし、息を整えた。次第に顔から赤みが消えていく。

「鞘から抜かずに相手を斬る。その意味が分かった。凄い。参った」

大道寺為秀は正座し直した。

「分かっていただければ幸い。それがしも、このまま行けば、あなたを斬ることになる、と覚悟していました」

「ははは。おぬしは恐ろしい術を身に付けたものよな。これなら、いくら寒九郎が強いとはいえ、おぬしなら谺一刀流の寒九郎に勝てる。間違いない」

大道寺為秀は虚ろに笑った。

剛介は刀を手に立ち上がった。大道寺為秀は慌てて身を引いた。剛介は刀を腰に差し込んだ。

「それがし、ちと用事を思い出しました。出掛けます」

剛介は大道寺為秀に頭を下げ、部屋を後にした。大道寺為秀は何もいわずに、剛介を見送った。

神夢想林崎流勝俣道場は、静まり返った。

武者窓からそよぐ風も止まっている。

道場の神棚を背に、勝俣章衛門が正座し、対面して江上剛介が正座していた。

門弟たちは道場の壁に張りついたようにして、二人の周囲を遠巻きにして固唾を呑んで見守っている。

二人はともに大刀を尻の後ろに置いていた。二人の左側に、それぞれ茣蓙を丸めた柱が立っている。

勝俣章衛門と剛介は正対したまま、静かに目を閉じていた。二人とも手を丹田で組んでいる。身じろぎもしない。

二人とも、静かに呼吸をしている。

殺気も感じられない。一匹の蠅が二人の間を行き交っていた。蠅は羽音を立てて、剛介の額に止まった。だが、剛介はぴくりとも動かない。

やがて蠅が剛介から飛び立った。

その瞬間、二人の軀が動いた。右手で背後の大刀の柄を摑み、勢いよく刀を床に滑らせた。右手で摑んだ柄は残り、鞘だけが滑り、抜き身が現われる。二人は握った柄を引き、そのまま一気に右から刀を横に払った。二人の横に立った茣蓙の柱がすっぱりと切れて、道場の床に転がった。

　二人はくるりと軀を回し、鞘を摑み、前を向いた。互いに見合い、静かに刀の抜き身を納めて残心した。

　二人は、残心したまま、しばらく静止した。

　道場は水を打ったように静まり返っていた。

「見事だ」

　勝俣章衛門が口を開き、剛介を讃えて、正座した。剛介も向かい合って正座した。

「江上剛介、よくぞ短期日に、そこまで上達した」

「ありがとうございます。これも先生のよきご指導あってのこと」

「本日、おぬしに大目録を授けよう」

　勝俣章衛門は嬉しそうに頰を崩してうなずいた。

「ありがたき幸せにございます。それがしのような初心者が大目録をいただいて、諸先輩に申し訳ないと思います」

　江上剛介は周囲の門弟たちに一礼した。

「いや、残念ながら、いまのわしの弟子たちにおぬしに敵うような技量を持つ者はいない。おぬし、我が道場で師範代として、門弟たちを指導してくれまいか」

「ありがとうございます。身に余る光栄でございます。お引き受けしたいのは、山々なのですが、それがし、幕臣として御上から命じられたことがあります。それを果たさないと、己れの自由になりませぬ。どうか、平にお許しください」

「さようか。何か使命があるとあっては、致し方ないのう。分かった。もし、おぬしが使命を果たした暁には、ぜひ、我が道場のために、お願いいたしたい。待っておる」

「はい。ありがとうございます。いま、すぐにお引き受けできるか否かが答えられませんので、先生、どうかご容赦いただきたい」

江上剛介は勝俣章衛門に平伏した。

静かだった、門弟たちが、ようやく騒めきはじめた。

門弟たちは、斬られて転がった真菰の柱の周りに集まった。真菰の切り口は、どちらもほぼ同じだった。

門弟のひとりが切り口を指差して叫んだ。

「あれ、先生が斬った真菰には、一刀両断された蠅がこびりついている」

剛介は勝俣が斬った真菰の柱の切り口を見た。そこには真っ二つに切られた蠅の半身があった。床に残りの半身が転がっている。

剛介は舌を巻いた。

あの一瞬に、萁莖と一緒にとまっていた蠅をも見逃さずに斬るとは。己れの技量がまだまだであることを悟った。

「先生、それがしは、蠅にまったく気付きませんでした。その蠅までも一緒に斬るとは、到底敵いません。恐れ入りました」

「ははは。いまにおぬしも斬れるようになる。おぬしは筋がいい。将来が楽しみだ」

勝俣は相好を崩して笑った。

四

岩木山の山頂を覆っていた雪はほとんど消えた。いまはごつごつとした岩肌が剝き出しになっていた。

山麓の木々の葉は新緑に染まり、吹き寄せる風に葉を裏返して、さざ波のように陽光を反射して揺らいでいた。遠くに紺青の海原が広がり、空の碧さに紛れている。

雲霧市衛門は腰の刀を押さえ、九十九折の径を駆け登った。後ろから首領に遅れまいと、四人の部下たちが必死に追い掛けて来る。

やがて社を囲む灌木林が見えて来た。雲霧市衛門は最後に大きな岩をよじ登り、その岩の上から身を翻して飛び降りた。真新しい朱色の鳥居の前に着地した。

続いて、四人の黒装束姿の一郎、次郎、三郎、四郎があいついで市衛門の周囲に飛び降りて着地し、片膝立ちした。

市衛門を先頭にして、五人の男たちは何十基も重なるように並んだ鳥居を潜り、社の前に居並んで控えた。

社の祭壇には、白衣に紫袴姿の八田媛があった。低い声で祝詞を上げている。傍らには巫女一人しかいなかった。

「八田媛様、雲霧市衛門一党、ただいま参上仕った」

市衛門は低い声で伝えた。

八田媛は祝詞を上げるのを止め、ゆっくりと振り返った。白狐の面を被っている。口が真っ赤で、耳まで裂けている。

「市衛門、ご苦労でした」

市衛門と部下の四人は、頭を下げた。

「八田媛様、その後の寒九郎の様子、何か分かりましたか？」

「寒九郎は、谺仙之助の後を継ぎ、真正谺一刀流を開いたそうです」

「あの若さで剣の流派の開祖でござるか」

市衛門は唸った。

「剣の流派を開くのに歳は関係ありませぬ」

白狐の面が笑った。

「ところで、寒九郎の動きが少し分かりました」

「いよいよ、白神を出ますか？」

市衛門は意気込んだ。

寒九郎が白神を出れば、白神カムイの庇護は受けられなくなり、雲霧市衛門たちに勝機がある。寒九郎が白神山地にいる限り、市衛門たちは襲えない。

「いえ。十二湖に向かうと見られます」

「すると、十二湖にいる灘仁衛門と対決することになりますな」

「その結果を見ましょう。おそらく、寒九郎が勝ちましょう」

「しかし、灘仁衛門もかなりの腕前。決して楽観は許されません」

「市衛門、あなたはまるで寒九郎の味方みたいですね」

「いいえ、そういうわけでは。寒九郎は、それがしが倒したい。そのためには、ほかの刺客に倒されては困る」

「市衛門、あなたの気持ちは分かりますが、谺仙之助の血統を根絶やしにするには、あらゆる手立てを使わねばなりませぬ。ほかの刺客の力もあえて利用しましょう。そうでなくては、我ら土蜘蛛一族の怨念を晴らすことは出来ますまい」

「はい。分かりました」

「これまでに、刺客たちの弱みが分かりました。まず、城下の次席家老大道寺為秀の屋敷にいる江上剛介ですが、彼の弱みは大道寺為秀の孫娘郁恵と分かりました」

「なるほど。深い仲ですか?」

「いえ、まだです。ですが、いつか使えるでしょう。江上剛介は郁恵を意識しはじめている段階です。巫女たちには、二人の仲を邪魔しないように伝えてあります。いずれ江上剛介の腕が必要になったら、郁恵を押さえましょう」

「分かりました」

「策士の刺客、鳥越信之介の弱みは江戸にありそうです」

「江戸の家族でござるか?」

「そう。江戸に妻と男の子を残しています。巫女たちを江戸に送ったので、さらに調べがつくことでしょう」

「ほかには?」

「鳥越信之介と灘仁衛門の密談のおおよその中身が分かりました。なぜか、鳥越信之介は灘仁衛門と寒九郎を戦わせぬよう策略をめぐらしているようです」

「ほう、なぜ、ですかね？」

「私がなお調べます。もしかすると、鳥越信之介の背後にいる黒幕の指示かも知れませぬ」

「誰が黒幕なのです？」

「田沼意次です」

「田沼意次は、安日皇子にアラハバキ皇国を創らせようと、支援しているのでは？」

「支援はしていますが、己れのいうことを聞かなくなったら、という時の用心策かも知れませんね」

「なるほど」

雲霧市衛門はうなずいた。

「それで、八田媛様が我らを至急に御呼びになられた理由は何でございますか？」

「寒九郎の弱みが、もう一つ分かったからです」

「それは何です？」

「女子(おなご)です。江戸に将来を約束した女子がいるのです」

「なんですと、レラ姫以外に、もう一人好きな女子がいる？」

雲霧市衛門は部下たちと顔を見合わせた。

「そう。寒九郎は江戸から津軽に来る前に、互いに惹かれ合った女子がいたのです。けしからぬことに、その女子との約束を反故にしたのです」

八田媛は冷ややかな口調でいった。

雲霧市衛門は頭を振った。

「では、その女子は弱みにならないですな。寒九郎が捨てた女子だ」

「いや、なります。寒九郎は純な男。その女子を捨てたことに、ひどく責任を感じています。だから、もし、その女子の身に何かあったら、必死に駆け付けて助けるでしょう。その女子の名は幸」

雲霧市衛門はにやにやと笑った。

「それがしには信じられませんがのう。捨てた女子に責任を感じるなんて、普通の男ならやらんことです」

「それが寒九郎なのです」

「ふうむ」

雲霧市衛門は部下たちと顔を見合わせた。

八田媛は続けた。

「寒九郎の弱みは、そのお幸のほか、もう一つあります。叔母の早苗です」

「叔母でござるか？」

「寒九郎の母の菊恵は、市衛門、あなたが殺めた鹿取真之助の妻でしたね。あなたは菊恵を鹿取真之助と一緒に始末しなかったが、菊恵は一瞬の隙をついて後追いしてしまった」

雲霧市衛門は苦い記憶を思い浮かべた。

「あれは想定外のことでした。死なせる予定ではなかった」

「違います。菊恵も死んで当然だったのです」

「どうしてでござる？」

「鹿取真之助は谺仙之助の血族ではありません。妻の菊恵が谺仙之助の娘であり、彼女が産んだ子が寒九郎でした。菊恵も寒九郎も、谺仙之助の直系血族です」

「なるほど。たしかに」

「その菊恵には実の妹早苗がいるのです」

「それは知りませんでした」

「早苗は菊恵と双子のようによく似た妹だそうです。それで、実の母を失った寒九郎は、江戸に逃れ、転がり込んだ先が、早苗の嫁ぎ先の武田作之介の屋敷でした。寒九郎は、叔母の早苗を母のように慕っている」

「なるほど」

「ですが、市衛門、考えてみて。早苗も菊恵も谺仙之助の直系の子。つまり、私たちが憎む敵谺仙之助の血族です。谺仙之助の血筋を根絶やしにするのが、我ら滅ぼされた土蜘蛛一族の願いでしょう?」

「はい。さようで」

「早苗が武田作之介との間にもうけた息子が二人います。武田由比進と元次郎(げんじろう)です」

「寒九郎の従兄弟(いとこ)ですな」

「寒九郎同様、彼らも始末せねばなりません」

「ふうむ」

市衛門はため息をついた。

「寒九郎の弱みの女子、幸は、じつは武田家に奉公する武家奉公人吉住敬之助(よしずみけいのすけ)の娘です」

「なに、幸は武田家に繋がる娘だというのですか」

「そう。だから、寒九郎の弱みは、その幸という娘だけでなく、その早苗と血を分けた武田家の従兄弟たち全員が弱みになっているのです」

「ううむ」

　雲霧市衛門は考え込んだ。

「市衛門、悩むことはありません。我ら土蜘蛛一族のめざすことは何ですか？」

「谺仙之助の子孫をすべて消すこと。それによって、わが先祖たちの恨みを晴らす」

「それと分かっているなら、みな、江戸へ行きなさい。私も江戸に出ます」

「しかし、どうして、江戸へ？　寒九郎が出て来るのを待つのではないのですか？」

「前にもいいました。寒九郎は白神カムイに庇護されている。彼が白神にいる限り、私たちが討つ機会はない。彼が白神を離れ、江戸に出て来れば、我らが討つ機会がある」

「なるほど。江戸で、寒九郎の弱みを使い、寒九郎を江戸に誘（おび）き出すというのですな」

「ようやく分かったようですね」

「八田媛様も江戸に御出（おい）でになるのですか？」

「もちろんです。すでに巫女たちはみな江戸に発ちました」

　部下たちは、騒めいた。

一郎も次郎も、三郎も四郎も、みな、それぞれに好きな巫女がいた。

「市衛門、あなたたちも、すぐに江戸へ発ちなさい。江戸では、先に行った巫女たちが隠れ家を用意しています」

部下たちは、喜んで騒いだ。

「八田媛様、分かりました。我らも直ちに江戸へ発つことにします」

「そうしてください。なお、江戸に着いたら、津軽藩邸に江戸家老の大道寺為丞を訪ねるように」

「どういう御方ですか？」

「次席家老大道寺為秀の弟です。我らは、一応彼らの下で働いていることになっていますが、卍組と我らは違います。いまは、大道寺為秀たちと、寒九郎憎しで利害が一致していますが、いつか、彼らは我らを敵とするでしょう。それまで、我らは彼らを利用します。利用出来なくなったら、おさらばしましょう」

「分かりました。八田媛様の御意（ぎょい）のままに」

雲霧市衛門は、八田媛に深々と頭を下げた。

「では、皆の衆、ご先祖様に、我らの復讐がうまく行くように祈りましょう」

八田媛は傍らの巫女から玉串の小枝を受け取り、祭壇に向かって左右に振った。

八田媛は二礼四拍手一礼し、高らかに祝詞を上げた。雲霧市衛門たちも、八田媛に倣(なら)って二礼四拍手一礼し、手を合わせた。

岩木山を渡る風が木々の枝を震わせ、笛のような音を立てていた。

五

江戸の朝は早い。

早朝定時に江戸城から打ち鳴らされる太鼓の音が響いている。

登城を促す時報だった。

妻の早苗は、火打ち石を打ち火花を散らして、武田作之介と由比進の身を清めた。

「では、行って参る」

武田作之介は、いつものように馬上の人となり、武家門から堂々と出て行った。

由比進も愛馬に跨(また)がり、父作之介に続いた。

先導するのは若侍二人、ひとりはこれまでと同じ小姓組番衆の熊谷主水介(くまがいもんどのすけ)、そして、本日から新しく加わった若侍陣内長衛門(じんないちょうえもん)だ。

二人の後から、口取りの小者(こもの)が作之介の乗った馬を引く。作之介が乗った馬の左右には、若党頭で供侍の吉住敬之助と大吾郎が護衛に付く。

さらに由比進の馬が歩み、二頭の馬の後ろに、槍持ちと挟み箱持ちの中間二人が続いた。

大吾郎が、父で若党頭の吉住敬之助と一緒にお殿様の作之介様の護衛に付くのは、江戸に帰って初めてのことだった。

大吾郎は作之介が乗った馬の右側を警戒して進む。

全員が、いつになく緊張した面持ちだった。

若侍の熊谷主水介をはじめ、陣内長衛門、吉住敬之助、大吾郎、由比進も全員が出発する前から刀の柄袋を取り、いつでも抜刀、応戦出来るようにしていた。

それというのも、今朝、武田邸の門前に、何者かによって、一枚の戯れ文が貼り付けられてあったからだった。

早朝、門前を掃除をしようと扉を開けた門番が、門扉に一枚の紙が貼り付けてあるのを見付け、若党頭の吉住敬之助に届けた。

紙には武田作之介をからかう文言が大書されていた。

いわく田沼意次の忠犬作公、身の程を知れ。天誅が下るぞ。

その上で、首が斬られた犬の絵が描かれてあった。

吉住敬之助は、急いで殿の作之介に脅迫文を届けた。作之介は一目見て笑い飛ばし、戯れ文だ、気にするなといい、すぐに敬之助に処分させた。

作之介は敬之助に厳命した。

「若党頭、奥や祖母にはいうな。余計な心配をさせる」

「お殿様、承知いたしました」

吉住敬之助は、一応返事をした。

だが、脅迫文が貼られた以上、警戒しなければならない。

敬之助は、すぐに若侍の熊谷主水介に知らせた。さらに、大吾郎を呼び、今日から殿の作之介の供侍になれ、と命じた。

「父上、しかし、それがし、由比進の供侍を仰せつかっておりますが」

「由比進様だ、呼び捨てはならぬ」

「は、はい。由比進様の方は、いかがいたしたらいいのか」

「いまは殿の身が危ない火急の時だ。殿の供侍に戻れ。それに由比進様は若年寄意知様の傅役になることが決まった。今日から毎日、城中に上がることになる。おぬしは城中に一緒に上がれる身分ではない。だから由比進様の供侍は本日で終わりだ。わしと一緒に作之介様の護衛を務める。いいな」

「分かりました」

大吾郎は、ある意味ほっと安堵した。

城中は格式や身分で、すべてが決まる窮屈な世界だ。そんな城中に上がったら、それこそ勝手が分からず、きっと失態をさらす。

それよりも、城下の普通の庶民の世界の方がはるかに気楽で居心地もいい。

屋敷を出る前、敬之助は大吾郎を呼んだ。

「いいか、大吾郎、殿は戯れ文だと笑い飛ばしたが、これは本気の警告だ」

「しかし、どうして本気の警告だというのですか？」

敬之助は、あたりを見回し、聞いている者がいないのを確かめた。

「先月はじめ、犬の首なし骸が屋敷の門前に放置されてあった。あまり酷いので、わしが密かに処分し、見付けた門番や中間には、誰にもいうなと命じておいた」

「犬の首なし骸があったのですか？　いったい、誰がそんなことを」

「分からぬ。誰かの嫌がらせだ。誰がやったのかが分かったら、事前に手は打てる。だが、ただの嫌がらせにしては手が込んでいる。用心に越したことはない」

「その首の斬り方は？」

「一刀両断だ。迷いのない切り口だった。かなりの遣い手の仕業だ。若侍の熊谷主水介殿も切り口を見て唸っていた」

「犬の首は？」

「なかった。下手人たちは、首はどこかに捨てたらしい。ともあれ、犬の首なし骸があって、今回の脅迫文だ。何者かは知らぬが、犬殺しの連中は本気だと思う。次は、きっと殿を狙う。いいか、なんとしても殿をお守りせねばならぬ」

「分かりました。命をかけて殿をお守りいたします」

「うむ。頼むぞ」

父敬之助は真剣な面持ちでうなずいた。


道には登城する侍たちが武家屋敷街を、しっかりした足取りで、みな坂下門をめざして黙々と歩いていた。

左右の築地塀のどちらかが切れると、濠沿いの道になり、警戒は片側だけになるので、いくぶんかほっとする。さすがいくら敵意を持つ人間でも、江戸城の深い濠を越えては、攻撃して来ないだろう。

大吾郎は、それでも歩きながら、終始、油断なく人の動きを注視していた。道端に控えて、武田作之介様一行に頭を下げている町人や侍の中に、襲いかかる暴漢がいないとも限らない。

以前も、お殿様は、登城を装った侍たちや行商人のふりをした刺客たちに待ち伏せされたことがあった。刺客たちは一行の前後左右から一斉に襲って来た。大吾郎や寒九郎が供侍見習いをしていた頃だった。

たまたま大吾郎が非番で、寒九郎が当番の時だった。後で分かったのだが、襲撃した刺客たちの狙いは寒九郎だった。

そのため、大吾郎は詳しい襲撃の様子は知らないが、同じ長屋に住む供侍の堤恭平が刺客たちに斬られて、命を落とした。

その時は、何の脅迫もなく、まったく事前の兆候もなく、不意に刺客たちに襲われた。今回は、そうではない。事前に刺客たちは挑戦状を送り付けて来たようなものだ。

そのため、若党頭の父や若侍の熊谷主水介が、先手組頭にお願いし、護衛の若侍を一人派遣して貰った。

やって来た若侍の陣内長衛門は天然理心流免許皆伝という触れ込みの御家人だった。若侍といっても父敬之助よりも年上の老侍だった。先手組の凄腕の剣士ということだったが、大吾郎はあまり、その話を信用しなかった。

最初に会った時から、陣内長衛門は酒臭く、顔色も悪くて、時折激しく咳き込んでいた。軀のどこかに何かの病を抱えているようだった。

　性格も暗く、ほとんどお殿様とも、大吾郎や熊谷主水介、父敬之助とも言葉を交わすことなく、いつもむすっとして、とっつき難かった。前の先手組でも仲間や友人はおらず、陣内長衛門は孤高の侍だった。

　両側を高い築地塀が続く通りに入った。

　大吾郎は築地塀の屋根瓦越しに見える松や楠、欅の梢や枝に警戒の目をやった。以前、庭師を装った刺客に弓矢を射られたこともあった。とりあえず、今朝は庭師たちの姿は見当たらない。

　築地塀の切れ目には、細い路地がある。大吾郎は、築地塀の切れ目の路地の出入口に差しかかる度に緊張した。刺客が飛び出して来た場合を考えねばならない。

　武田作之介は若年寄の側用人として、ほかの誰よりも早く登城する。そのため、坂下門への通りは登城する家臣たちの姿はまだなく、武田作之介の一行だけだった。

　大吾郎は、いつになく嫌な予感に襲われていた。出掛けに父敬之助から、犬の骸が門前に放置されていた話を聞いたからでもあった。

　大吾郎は犬好きだった。屋敷の長屋で犬を飼うことは出来ないので、ある時、捨てられていた子犬を道場に連れて行ったことがある。大門老師も犬好きだった。

お陰で道場で犬を飼うことになり、面倒は大吾郎たち子どもが見ることになった。犬の名前は幸吉（こうきち）だった。

だが、幸吉は、ある日、忽然（こつぜん）と姿を消し、二度と道場に帰って来なかった。大吾郎ら子どもたちは四方八方手分けして探したが、結局、幸吉の行方は分からなかった。

それ以来、犬を飼ったことはない。飼おうと思ったこともない。あんなに可愛がったのに、いなくなった幸吉の気持ちが分からなかった。もしかしたら、幸吉もどこかで誰かに殺されたのではなかろうか、と思うと胸が痛んだ。そんな不幸に遭わず、幸吉には、どこかで生きていてほしい、と思うのだった。

「各々方（おのおのがた）、警戒なされよ」

若侍の熊谷主水介が叫んだ。

大吾郎ははっとしてあたりを見た。

前方の道路の真ん中に、竹棹（たけざお）が立てられていた。竹棹の先に、何やら得体の知れぬものが付いていた。その竹棹に板の看板が下がっていた。

「殿、早よう馬を駆って」

熊谷主水介の声に、敬之助が即座に応じ、馬の尻を叩いた。

「行け、走れ」

敬之助は怒鳴った。馬は一瞬驚き、跳ね上がって駆け出した。馬上の作之介は落ち着いた様子で、馬の手綱を引き、馬なりに走らせて行く。

先頭の熊谷主水介と陣内長衛門が腰の刀を押さえて駆け出した。

「大吾郎、あれを片付けよ」

敬之助は馬の後を追い掛けながら、大吾郎に怒鳴った。

槍持ちと挟み箱持ちも、後も見ずに走って行く。

由比進の馬が急に止まり、後ろ肢立ちになった。

「大吾郎、見ろ」

由比進が竹棹の先に刺さったものを差した。

大吾郎は腰の大刀の柄を握りながら見た。竹棹の先には、だらりと紫色の長い舌を垂らした犬の頭が突き刺してあった。

むっとする腐敗臭が鼻孔を襲った。金蠅、銀蠅が腐った犬の頭にたかっていた。

竹棹に吊された看板には「警告」という文字が黒々と大書してあった。さらに、文章が続いていた。

「田沼の忠犬の末路を見よ」

大吾郎は吐き気を覚えた。

殿の一行は、坂下門の方角に走り去っていた。後を追う者はいない。

残っているのは由比進と大吾郎の二人だけだった。

「由比進、気をつけろ！」

大吾郎は刀の柄に手を掛け、前方後方を見やった。左右にも目配りした。

怪しい人影は、どこにも見当らない。

由比進は馬に乗ったまま、竹棹を引き抜いた。大吾郎は怒鳴った。

「いかがいたすのだ？」

「このままでは、犬が可哀相ではないか。どこかに埋めて弔う」

由比進は馬の首を返し、日枝神社の方角に向けた。両鐙で馬の腹を蹴った。馬はどっと走り出した。

「待て。それがしも行く」

大吾郎も後を追って走り出した。

万が一、敵に由比進が襲われたら、と思うと無我夢中だった。

由比進は犬の頭が突き刺さった長い竹棹を小脇に抱え、馬を駆った。

大吾郎は腰の大刀が撥ね上がるのを必死に押さえながら、由比進を追って走った。

いったい、何やつが、こんな脅しをかけて来たのだ？

大吾郎は走りながら、見知らぬ敵の影に憎しみを抱いた。

六

大曲兵衛は、十二湖の鏡湖の村に行ったまま、五日経っても白神山地に戻って来なかった。

季節は過ぎ、山桜は春爛漫の満開に咲き誇っていた。ブナ林も枝々に新芽が吹き出し、淡い緑色に山を染めている。

日が経つにつれ、寒九郎は落ち着かなくなった。

もしや、大曲兵衛の身に何かあったのではないか？　兵衛が灘仁衛門に会い、事情を尋ねるうちに、激昂され、刀で斬られた？

嫌な想像ばかりが頭に渦巻いてしまうのだ。

このまま白神エミシの村にくすぶっているわけにもいかない。

寒九郎は、決心した。やはり、己れが直接十二湖の鏡湖の村を訪れ、灘仁衛門に会おう。相手がどんなに頑（かたく）なな男にせよ、話せば分かるはずだ。なんとしても、父上の鹿取真之助の汚名を晴らしたい、その一心だった。

「分かりました。寒九郎が、どうしても行くというなら、私も一緒に行きます。いいですね」

「うむ。しかし、何が起こっても、手を出すな。それがしと灘仁衛門の間のことだ。レラ姫には関係ないこと」

傍らにいた草間大介も、傳役として同行すると言い出した。

とうとう南部嘉門までもが、身を乗り出し、大曲兵衛の身が心配だとして、寒九郎に同行して十二湖に出掛けることになった。

最後の最後には、白神エミシの村長ウッカが、自分は十二湖エミシの大熊太郎佐ことイソンノアシ（狩りの名人）と旧知の間柄で、レラ姫をお連れして挨拶すると言い出した。

ウッカも、刺客の灘仁衛門が十二湖エミシの村で待ち受けているという話を知っており、寒九郎の身を案じてのことだった。

ウッカが道案内に立ち、寒九郎、レラ姫の一行は、次の日の早朝に白神山地の暗門の滝を出立し、十二湖をめざし、西へ西へと山が連なる道なき道を進んだ。

天狗岳の麓を回り、追良瀬川の急流を渡る。ついで支流の沢を上り、向白神岳の山麓を越えて、魚泊の滝に出る。大峰岳の山麓に至るとブナ林が切れ、雑木林になる。

そこからは崩山(くずれやま)を右手に見ながら、沢を伝って下りると十二湖の南の外れの大池(おおいけ)になる。

ウッカの道案内もあって、寒九郎一行は、半日もかからずに、十二湖に到着した。鏡湖は十二湖の西の端にある。

大池の湖畔を巡り、鬱蒼(うっそう)とした雑木林の中の径を進むと、先頭のウッカが止まれと手を上げた。

寒九郎は愛馬楓(かえで)の手綱を引いて止めた。直後のレラ姫も愛馬シロを止めている。

ウッカと一緒にいる南部嘉門が、ウッカと何事かを話している。最後尾の草間大介も愛馬疾風(はやて)を止めていた。馬たちは、ぶるぶると鼻を鳴らしている。

ウッカと南部嘉門の前に平伏している女の姿があった。

「なにごとか？」

レラ姫が馬上で身を乗り出した。

「鹿取寒九郎様にお願いがあります」

女が叫んだ。

「それがし、鹿取寒九郎だが」

寒九郎が馬上から答えた。

女はウッカと南部嘉門が止める腕を撥ね除け、寒九郎の馬に駆け寄った。楓は女の勢いにたじろいだ。

「お願いです。灘仁衛門と立ち合わないでください」

「あなたは？」

「灘仁衛門の妻、香奈と申します」

「灘仁衛門殿の御新造ですか」

「はい。後生です。仁衛門を殺さないでください。もし、仁衛門が死ぬようなことがあったら、私も死にます」

香奈と名乗った女は長い黒髪を振り乱し、楓の轡を握って泣き叫んだ。

「香奈さん、まあ落ち着いて」

後ろから、ウッカと南部嘉門が香奈の軀を抑えて、宥めようとした。

前方の木立ちの葉陰が動き、弦の音が響いた。いきなり、矢が寒九郎をめざして飛んだ。

寒九郎は後ろに仰け反り、馬上から転がり落ちた。短矢は寒九郎の小袖を掠めて立ち木の間に消えた。

寒九郎は馬から転がり落ちながら、乙矢(おとや)に備え、腰の小刀を抜いた。躯を半回転させて着地し、刀を構えた。

瞬間、乙矢が寒九郎を襲った。寒九郎は小刀でぱしりと矢を叩き落とした。

「おのれ、卑怯な！」

寒九郎は前方の木立ちの葉陰に怒鳴った。

短矢には猛毒のトリカブトが塗ってあるに違いない。肌を少し擦(かす)っても、毒が体内に回り、躯が痺れて動けなくなる。

草間大介が寒九郎の前に飛び出て、寒九郎を庇(かば)って、脇差しを構える。南部嘉門も刀を抜いて寒九郎に駆け寄った。

その時、レラ姫はシロの腹を鐙(あぶみ)で蹴り、寒九郎の楓や香奈、ウッカを除けて、矢が放たれた木立ちに突進した。レラ姫の躯がひらりと馬の背から飛び上がり、葉陰に飛び込んだ。

悲鳴が上がった。子どもの悲鳴だった。

香奈が驚いて叫んだ。

「慶介(けいすけ)！　なんてことをするの」

レラ姫が笑いながら、木立ちの茂みから姿を現わした。右手で男の子の着物の襟首を摘まみ上げていた。左手には取り上げた短弓を持っている。吊り上げられた男の子は足をばたばたさせていた。

「レラ姫様、慶介は私の末弟。悪い子ではありません。どうか、許してください。この子は夫の仁衛門を助けようとしてしたこと」

香奈はレラ姫から、慶介を引き取ると、半分泣きながら叱った。

「慶介、なんてことをしたの！　もし、万が一寒九郎様に矢があたって怪我をさせたら、どうするの」

「姉ちゃん、ごめんよ。兄ちゃんの代わりに、おいらが寒九郎と戦うつもりだったんだ。お姉ちゃんをいじめたら、おいらが承知しないぞ」

慶介は寒九郎に敵意剝き出しの口調でいった。

「そうか。いやはや、元気な小僧だな。危うく射抜かれるところだった」

寒九郎はレラ姫と顔を見合わせ、苦笑いした。

草間大介が折れた短矢を調べて、寒九郎に囁いた。

「矢尻に毒は塗ってありません」

「そうか」

寒九郎は笑いながら、慶介に短弓を返した。慶介は、それでも寒九郎を睨んでいた。

また香奈が寒九郎の足許にしゃがみ込み、すがりついた。

「寒九郎様、レラ姫様、後生です。村には行かないでください。仁衛門と果たし合いをしないでください。お願いです」

「御新造、それがしは、果たし合いではなく、灘仁衛門殿とチャランケ（話し合い）をするために来た。出来れば戦いたくない」

「寒九郎様、仁衛門はあなた様に斬られて死ぬつもりなのです。お会いになれば、きっと斬り合いになります。お願いです。どうか、ここから帰ってください」

香奈は必死に寒九郎の裁着袴（たつつけばかま）にすがった。

レラ姫が寒九郎に目配せした。

「寒九郎……」

レラ姫は目で香奈のお腹を見ろと差した。香奈を見ると着物の下腹部がやや脹（ふく）らんでいた。

やや子がいるのか。寒九郎はうなずいた。

仁衛門を死なせたくないという切ない思いが香奈を動かしているのか。

「香奈殿、分かった。おぬしの仁衛門とは戦わない」

「ほんとに？」

「本当だ。約束する。武士に二言はない」

「ありがとうございます。ほんとにありがとうございます」

香奈は寒九郎の手にすがって嬉し泣きした。

「香奈殿、お立ちくだされ。約束は守る。やや子を大事にいたせ」

香奈は顔を赤らめ、お腹に手をあてて、よろよろと立ち上がった。

レラ姫が香奈を支えた。

南部嘉門が香奈に尋ねた。

「ところで、五日ほど前に大曲兵衛が訪ねて来なかったか？」

香奈は涙を拭いながらうなずいた。

「はい。大曲兵衛様が我が家に御出でになられました。いまも我が家にいて夫や父の加平と三人でチャランケをしています」

「さようか。捕まったのかと案じていた。それなら安心した」

南部嘉門は寒九郎に向いていった。

「エミシたちは、チャランケを続けている間は、敵であっても争いごとはしないのです。結論が出なくても、腹を割り、何日もかけて、とことん話し合う。チャランケで戦いを諦めたり、和解することもあるのです」

レラ姫がうなずいた。

「そう。きっと大曲兵衛は灘仁衛門にチャランケを持ち掛け、寒九郎と果たし合いをするのは、互いにとっていいことはない、と説得しようとしているのではないかしら」

「そうか。ならば、それがしが仁衛門とチャランケをすれば、よかったのではないか、と思うが」

「いえ。寒九郎が仁衛門と会ったら、きっと彼はあなたに挑戦しているでしょう。ここで、あなたが白神から出て来るのを待っていたのですから。きっと問答無用で斬りかかって来たと思います」

「さようかのう」

「おそらく、仁衛門はお父上の鹿取真之助殿に家族が殺されたと恨んでいます。その恨みは決して忘れないでしょう」

南部嘉門が小声で寒九郎にいった。

「ふうむ。残念だな」

寒九郎はため息をついた。

直接、仁衛門に会っても、父鹿取真之助が焼き討ちしたのではない、という証拠はない。証拠がない以上、いくら父上は、そんなことをやる男ではない、といっても決して仁衛門は納得しないだろう。

「寒九郎、引き揚げるとして、どこへ行くつもり？　白神山地に戻る？」

レラ姫が訊いた。

「いや、戻らず、十三湊に行こう。レラ姫のお父上が、そろそろ夷島から十三湊に戻られるのではないか？」

「私も十三湊に帰りたいと思っていました。寒九郎と一緒に」

「うむ。十三湊をめざそう」

寒九郎は楓の轡を取った。

草間大介が聞き付けていった。

「寒九郎様、ここからですと、山また山を越えて岩木山をめざす陸路か」

レラ姫が大介の言葉を継いだ。

「あるいは、ここから西に下り、十二湖の湊(みなと)に出て、船で北上し、十三湊に行く海路になる」

「船は、どうするのだ？」

「十三湊へ回る廻船を待つ。いまの季節、浪速(なにわ)からの菱垣廻船(ひがきかいせん)が毎日のように通る。

そのうちの何隻かは、十二湖の湊にも寄る。その船に乗せて貰う」

「なるほど」

「陸路を行くよりも、海路の方が船旅を楽しめるし、楽」

急に山道の先の方がうるさくなった。いつの間にか、十二湖エミシの村人たちが、騒ぎを聞き付け、集まって来た。ウッカが村人たち相手に話をしている。エミシ同士は、仲がいい。村人たちはアラハバキ族の安日皇子の娘、レラ姫がいると知って、続々と集まって来たのだ。

いつしか、レラ姫は大勢の村人たちに囲まれた。姫は挨拶に来た村人の一人ひとりと言葉を交わしはじめた。時ならぬ歓待にレラ姫は戸惑いながらも嫌な顔をせず、話をしている。

そのうち、十二湖エミシ村の大村長の大熊太郎佐が現われた。大熊は、寒九郎や南部嘉門にも挨拶し、ぜひとも、我が宅へ御出でくだされ、と言い出した。

「まずいですな。あまり騒ぎが大きくなると仁衛門にも伝わってしまう」

寒九郎は南部嘉門と顔を見合わせた。

鏡湖村は、十二湖エミシ村からほど遠くない。

寒九郎たちの心配をよそに、ウッカや大熊たちは大勢でレラ姫を囲み、十二湖村の方へと移動していく。

寒九郎と南部嘉門、草間大介は唖然として、村人たちの騒ぎを見守っていた。

突然、馬のいななきが聞こえた。

山道の先で急に馬蹄が響き、騎馬が一騎、坂道を駆け上がって来る。

こんな山道を馬で駆けるのは、十二湖エミシではない。騎馬武者は近付くにつれ、黒い塗一文字笠を被っているのが見えた。藩の役人だ。

やがて騎馬武者は寒九郎たちの前に駆け込み、馬から飛び降りた。精悍な顔つきをした武士だった。身のこなしから、かなり、鍛えた体付きをしていた。

「少々、お尋ねいたす。そちらにおられる御方は、もしや鹿取寒九郎殿ではござらぬか?」

寒九郎は侍に見覚えがあった。顔は日焼けしているが、江戸で見かけた顔だ。

「さよう、拙者は鹿取寒九郎でござる。貴殿は?」

「やはり。鹿取寒九郎殿であったか。それがしは、奉納仕合いでお手合せいたした幕臣鳥越信之介でござる」

思い出した。日枝神社の奉納仕合いで、一度立ち合ったことがある相手だった。太刀筋が鋭く、危うく負けそうになったのを思い出した。足許が玉砂利だったために、鳥越信之介は足を滑らせ、寒九郎が辛うじて一本取ることが出来た。思い出すだけで、背筋に冷汗が流れる。

「あの時の鳥越信之介殿」

「ここで会ったが百年目。いざ、立ち合っていただこうか」

鳥越信之介は、いきなり、塗一文字笠を脱ぎ捨てた。黒い羽織も脱ぎ捨て、大刀の柄に手を掛けた。すらりと大刀を抜いた。

寒九郎は驚いて手を出して止めた。

「待て待て。どうしたというのだ？」

南部嘉門も草間大介も仰天し、慌てて飛び退さった。

「各々方、手出し無用。鹿取寒九郎殿と拙者の立合いでござる」

「なにゆえ」

「上意でござる」

鳥越信之介は、右八相に構えた。

「上意だと？　誰の？」

「しれたこと。御上に決まっている。寒九郎、刀を抜け。そうでなければ、それがし、おぬしを斬る」

鳥越信之介は、すでに下緒で襷掛けしていた。

「わけをいえ。上意といえど、わけがあろう」

寒九郎は問いながら、急いで楓の背の鞍に括り付けてあった大刀を鞘ごと抜いた。

ゆっくり隙を見せず、刀を腰に差した。

鳥越信之介は寒九郎の準備が整うのを待っていた。

「問答無用」

「仕方がない。お相手いたす」

寒九郎は、むらむらと闘志が湧いて来た。

理不尽な上意に腹が立った。たとえ御上の上意だとして、素直に従う気持ちはない。

そうか。鳥越信之介は、灘仁衛門と同じく、己れの命を狙う刺客のひとりなのだ。

そう思うと、理不尽だが、降りかかる火の粉は払わねばならぬ、と覚悟した。

「寒九郎様」

異変に気付いたレラ姫が村人たちを振り切って、駆け付けた。腰の刀に手をかけている。

「レラ、加勢無用」

「でも、なぜ?」

「理由は分からない。だが、それがしの命を取れという密命を帯びた刺客だ。手出しはするな」

「しかし」

「たとえ、それがしが負けて斬られても、こやつは生きて帰せ。みんな、いいな」

寒九郎は周囲の者たちに怒鳴った。

二人は道端のやや広い草地にじりじりと移動した。

間合いは一足一刀の間だ。

どちらが先に仕掛けても、斬り間は変わらない。相討ちは避けられない。

だが、寒九郎は平静だった。なぜか、鳥越信之介と向き合っていると、心が静かに収まり、無心になっていく。

「寒九郎、出せ。真正谺一刀流の秘剣」

鳥越信之介の目が、鋭く寒九郎を睨む。

寒九郎は黙ったまま、大刀を青眼に構えた。

「見せろ。真正谺一刀流の太刀捌き」

「…………」

寒九郎は目を半眼にして、鳥越信之介の軀を捉えた。刀を青眼に構えたまま、じっと鳥越信之介の動きを睨んだ。

「来なければ、それがしから行く」

鳥越信之介は呟くようにいい、足を左に動かしていく。右八相の構えから、徐々に刀を上段に振りかざしていく。

寒九郎は依然、心静かだった。

鳥越信之介からは、剣気は迸(ほとばし)るが、殺気が感じられない。なんだ？　これは？

寒九郎は内心、驚いた。

鳥越信之介は、殺気を消している。それなのに、剣気は寒九郎の軀を刺す。

鳥越信之介は、上段に振りかざした刀を突然、下ろした。

「やめた。寒九郎、やめよう。それがしは、やめた」

鳥越信之介は下ろした刀を腰の鞘にゆっくりと納めた。

周囲で固唾を呑んで見ていたレラ姫も、草間大介もウッカも、大熊もきょとんとしていた。

南部嘉門だけは、腕組みをし、にやにやしていた。

「鳥越信之介、なぜ、やめた」

「おぬし、殺気がない。剣気もあまりない。そんな相手と立ち合いたくない」

寒九郎は笑い、己れの刀も腰の鞘に戻した。

「それは、お互い様だ。それがしの言葉でもある。おぬしも、まるで殺気がない。斬るといいながら、一向に殺気が迸らない。ただ、それがしの剣捌きを覗き見しているだけじゃないか」

「そうか、見破ったか。それがし、おぬしが真正鉧一刀流を開いたというから、どんなものか、立ち合ってみようと思っただけだ」

「おぬし、さっき、上意でそれがしを斬るといっていた。おぬしは、それがしを狙う刺客ではなかったのか?」

「それがしは御上から派遣された刺客の一人だ。おぬしを斬れという命令だ。だが、その御下命はまだ出ていない。まだ斬る時ではない、ということだ。御下命まで、おぬしを斬ることあいならぬという上意だ」

鳥越信之介はにやっと笑った。

「刺客なのに、それがしを斬らぬ? なぜだ?」

「それがしは、御上ではない。御上の考えなど分からない。分かりたくもない。ともかく、おぬしとの勝負は、いまではない。いつか、きっとある。それまでお預けだ」

「妙な話だな」

「権力者なんて、勝手なものだ。妙な話でも何でもない。彼らにとって邪魔になれば、斬れという。邪魔ではない間は斬るな、だ。お互い、今回は命拾いしたと思おう。それがしとの勝負をつけるまで、寒九郎、生き続けろ。いいな」

「生き続けることが出来るかどうか分からない。いつ何時、刺客に挑まれるか分からないのでな」

「そういえば、この村にいる灘仁衛門も、おぬしを斬れという御下命を受けているな」

「灘仁衛門のこと、よく知っているのか？」

「うむ。御新造の香奈殿から、命乞いされたろう。灘仁衛門と立ち合うな、と」

「うむ。たしかに」

「立ち合うのか？」

「いや、立ち合わぬと御新造の香奈殿とお腹のやや子に約束した」

「おぬし、心優しい男だな」

「それが、それがしの性分だ。人を不幸にしたくない」

「灘仁衛門は、おぬしを恨んでいる。ナダ村を焼き討ちした鹿取真之助殿の子孫としてのおぬしを討ち果たして、ご先祖様や両親兄弟姉妹の恨みを晴らしたいとな」

「よく知っているな。だが、これだけはいいたい。それがしの父鹿取真之助は、ナダ村を焼き討ちし、無抵抗の女子どもを、たとえ抵抗しようと皆殺しにするような人間ではない。それがしは、そう信じている」

「だが、灘仁衛門は、そうは思っていない。いつまでも、死ぬまで、おぬしを追うだろう。どうする？」

「香奈殿に約束した。それがしは逃げる。逃げるが勝ちだ」

寒九郎は香奈や弟の慶介が聞耳を立てているのを見ながらいった。

鳥越信之介は大きくうなずき、そして、いった。

「寒九郎、おぬしに一つ助け船を出そう」

「助け船？　何だ？」

「これを読んでみろ」

鳥越信之介は懐から冊子を取り出して、寒九郎に放った。

寒九郎は冊子を受け取った。

「十二湖地方を含めての岩崎村の村史だ。栞を入れてある箇所を見てみろ」

寒九郎は栞が挿んである頁を開いた。

レラ姫と草間大介が脇から覗いた。

「これは……」

「二十二年前、郡奉行をしていた田山彦沙重門が書き記した記録だ。村長の大熊太郎佐殿や香奈殿にも後で見せるが、ナダ村を焼き討ちしたのは、当時物頭の桑田一之進率いる卍組という隠密団だとある。寒九郎、おぬしの父鹿取真之助は、逆に藩命に抗して、使いを出して、逃げろとナダ村に報せた男だ。村長は、その報せを信じず、村人を逃がさなかったため、多数の犠牲者が出た。その時の村長は灘仁衛門の親父だ」

寒九郎は村史を読みながら唸った。

「先般、それがしは、弘前城下で田山殿に会って、この村史の記録があるのを教えて貰った。それで、村史をお借りした」

「そうだったのか。父上はやはり潔白だった」

「だが、あろうことか、生き残った村人たちは、逃げろ、逃げないと酷い目に遭うぞ、と警告した鹿取真之助殿を、虐殺を指揮した張本人と勘違いして逆恨みした。それが真相だ」

大熊太郎佐や香奈をはじめ、村人たちはどよめいた。

「生き残りの村人たちがいるというのか？」

「いるそうだ。皆殺ししたというのは、他の村への脅しだ。実は、生き残った村人たちを全員、船に乗せ、北の追い浜に連れて行った。いまも、生き残りの村人は追い浜のエミシ村にいるはずだ」

　香奈が大声で訊いた。

「鳥越様、もしや灘仁衛門の親族、兄弟姉妹も、生きて追い浜に住んでいるというのですか？」

「おそらく、生きていると思う」

「まあ」

　香奈は喜びの声を上げた。

　寒九郎は村史の冊子を鳥越信之介に戻した。

「鳥越信之介殿、この冊子、灘仁衛門に見せてくれぬか」

「ははは。いわれるまでもない。そのために、わざわざ持って参ったのだ」

「ありがたい。これで灘仁衛門殿のそれがしに対する恨みは氷解する。おぬしに一つ借りが出来たな」

「灘仁衛門の恨みは融けた。だが、灘仁衛門は、おぬしの命は狙うぞ」

「……御上の御下命が残っているということか」

「そうだ。灘仁衛門は、育ての親とも思っている御隠居様の命令を果たそうとしている」

「御隠居とは？」

「知らぬのか。大道寺次郎佐衛門だ。元将軍御意見番。いまの津軽藩次席家老大道寺為秀の遠縁にあたる御仁だ。それがしの調べでは、大道寺次郎佐衛門は大目付松平貞親と親しい。いや、大目付を我が子のように思っている。灘仁衛門のこともな」

「大目付松平貞親に通じているのか」

寒九郎は意外な話に愕然とした。

「さらにいえば、本当の黒幕は、松平貞親を子飼いのように使っている松平定信殿」

「ううむ。本当の話か」

「信じられなかったら、自分で確かめてみるんだな」

寒九郎は唸った。容易には信じられなかった。

村人たちが騒ぎはじめた。口々に「灘仁衛門様が来る」といい出した。

「寒九郎様、どうぞ、お逃げになって。夫は私が止めます」

香奈が寒九郎に叫ぶようにいった。

「うむ。寒九郎、今日のところは、逃げろ。おぬしがいうように逃げるが勝ちだ」

「承知」

寒九郎は楓の手綱を取り、ひらりと馬の背に乗った。レラ姫も急いでシロの背に跨がった。草間大介も疾風に飛び乗った。

「鳥越信之介、恩に着る」

「どこへ逃げる？」

「…………」寒九郎は迷った。

「寒九郎、湊に下りろ。それがしが乗って来た廻船が停泊している。戻り船だ。あの船に乗れば、十三湊へ行けるぞ」

「寒九郎、行こう。十三湊」

レラ姫が嬉しそうに叫んだ。

「よし。行こう。鳥越信之介、重ね重ね、かたじけない」

「おぬしに死なれては困る。いずれ、おぬしと勝負するために逃がす」

「また会おう」

「承知した」

寒九郎は南部嘉門とウッカに叫んだ。

「嘉門、大曲兵衛によろしく。元気でな」

「寒九郎様もお元気で」

「ウッカ。さらば、だ」

「また会おう」

十二湖の湖畔が騒がしくなった。馬上から灘仁衛門が駆けて来るのが見えた。

「行け」

鳥越信之介が楓の尻をぴしりと叩いた。楓は、どっと走り出した。シロも疾風も競うように駆け出した。

寒九郎は楓を駆って、海岸への道を急いだ。シロと疾風も追って来る。

遠く湊の桟橋に廻船が停泊しているのが見えた。水夫(かこ)たちが出航の準備をしていた。

寒九郎は楓の馬上で、大きく息を吸った。

汐の香りが胸いっぱいに広がるのを覚えた。

第三章　旋風(つむじかぜ)、吹く

一

どこからか、晩鐘が聞こえて来る。

武田家の書院の間(ま)には重苦しい空気が流れていた。

下城したばかりの武田作之介は、部屋着に着替え、ゆったりと座っている。

若党頭の吉住敬之助は、武田作之介の前でかしこまっていた。

若侍の熊谷主水介も、いつになく険(けわ)しい顔で控(ひか)えていた。

新しく若侍として作之介に仕えることになった陣内長衛門は疲れた様子で、肩を落とし、背を丸めて座っていた。時折、陣内はこんこんと軽く咳(せ)き込んでいた。

由比進は、父作之介に通りの竹棹に突き刺されてあった犬について、これまで分かったことを報告した。

作之介は顔をしかめた。

「間違いないか」

「はい。骸となった犬は、綾殿の家で飼われていた甲斐犬の熊吉でした」

「ううむ。どういうことだ」

武田作之介は腕組みをし、低く唸った。

「誰に確かめた？　まさか、綾殿ではあるまいな」

「いや、綾殿ではなく、堅太郎に確かめました」

「そうか。それでよい。あまり事を荒げたくない」

綾は西辺猪右衛門の娘である。堅太郎は、その綾の兄になる。由比進とは明徳館での同期生だ。堅太郎は、どちらかというと剣術は不得手で学問に秀でていた。将来は右筆になるといっていた。

西辺猪右衛門は直参旗本の馬廻り組組頭二百五十石取り。武田作之介と仲が良かった。作之介が小姓組組頭の三百石取りから、田沼意次に息子意知の側用人に召し上げられ、禄高も千石に引き上げられたのを見て、西辺猪右衛門は娘の綾を由比進に妻せ、武田家と親戚関係になろうとしていた。

101-8405

書籍のご注文は84円
アンケートのみは63円
切手を貼ってください

東京都千代田区神田三崎町2-18-11

二見書房・時代小説係 行

ご住所 〒
TEL - - Eメール
フリガナ
お名前 （年令 才）

※誤送を防止するためアパート・マンション名は詳しくご記入ください。

21.5

愛読者アンケート

1 お買い上げタイトル
（　　　　　　　　　　　　　　　　　　　　　　）

2 お買い求めの動機は？（複数回答可）
□ この著者のファンだった　□ 内容が面白そうだった
□ タイトルがよかった　□ 装丁（イラスト）がよかった
□ 広告を見た　（新聞、雑誌名：　　　　　　　　）
□ 紹介記事を見た（新聞、雑誌名：　　　　　　　　）
□ 書店の店頭で　（書店名：　　　　　　　　）

3 ご職業
□ 会社員 □ 公務員 □ 学生 □ 主婦
□ 自由業 □ フリーター □ 無職 □ ご隠居
□ その他（　　　　　　　　　　）

4 この本に対する評価は？
内容：□ 満足 □ やや満足 □ 普通 □ やや不満 □ 不満
定価：□ 満足 □ やや満足 □ 普通 □ やや不満 □ 不満
装丁：□ 満足 □ やや満足 □ 普通 □ やや不満 □ 不満

5 どんなジャンルの小説が読みたいですか？（複数回答可）
□ 江戸市井もの　□ 同心もの　□ 剣豪もの　□ 人情もの
□ 捕物　□ 股旅もの　□ 幕末もの　□ 伝奇もの
□ その他（　　　　　　　）

6 好きな作家は？（複数回答・他社作家回答可）
（　　　　　　　　　　　　　　　　　　　　　　）

7 時代小説文庫、本書の著者、当社に対するご意見、
ご感想、メッセージなどをお書きください。

ご協力ありがとうございました

↓ この線で切り

⑨火焔の啖呵 ⑩青二才の意地

殿さま商売人シリーズ

①べらんめえ大名 ②ぶっとび大名 ③運気をつかめ！ ④悲願の大勝負

陰聞き屋 十兵衛シリーズ

①陰聞き屋 十兵衛 ②刺客 請け負います ③往生しなはれ
④秘密にしてたもれ ⑤そいつは困った

風野 真知雄（かぜの・まちお）

大江戸定年組シリーズ

①初秋の剣 ②菩薩の船 ③起死の矢 ④下郎の月
⑤金狐の首 ⑥善鬼の面 ⑦神奥の山

喜安 幸夫（きやす・ゆきお）

はぐれ同心 闇裁きシリーズ

①龍之助江戸草紙 ②隠れ刃 ③因果の棺桶
④老中の迷走 ⑤斬り込み ⑥槍突き無宿
⑦口封じ ⑧強請の代償 ⑨追われ者
⑩さむらい博徒 ⑪許せぬ所業 ⑫最後の戦い

見倒屋鬼助 事件控シリーズ

①朱鞘の大刀 ②隠れ岡っ引 ③濡れ衣晴らし
④百日髷の剣客 ⑤冴える木刀 ⑥身代喰逃げ屋

隠居右善 江戸を走るシリーズ

①つけ狙う女 ②妖かしの娘 ③騒ぎ屋始末
④女鍼師 竜尾 ⑤秘めた企み ⑥お玉ケ池の仇

幡 大介（ばん・だいすけ）

天下御免の信十郎シリーズ

①快刀乱麻 ②獅子奮迅 ③刀光剣影 ④豪刀一閃
⑤神算鬼謀 ⑥斬刃乱舞 ⑦空城騒然 ⑧疾風怒濤
⑨駿河騒乱

聖 龍人（ひじり・りゅうと）

夜逃げ若殿 捕物噺シリーズ

①夢千両すご腕始末 ②夢の手ほどき ③姫さま同心 ④妖かし始末
⑤姫は看板娘 ⑥贋若殿の怪 ⑦花瓶の仇討ち ⑧お化け指南
⑨笑う永代橋 ⑩悪魔の囁き ⑪牝狐の夏 ⑫提灯殺人事件
⑬華厳の刃 ⑭大泥棒の女 ⑮見えぬ敵 ⑯踊る千両桜

火の玉同心 極楽始末シリーズ

①木魚の駆け落ち

氷月 葵（ひづき・あおい）

婿殿は山同心シリーズ

①世直し隠し剣 ②首吊り志願 ③けんか大名

公事宿 裏始末シリーズ

①火車廻る ②気炎立つ ③濡れ衣奉行 ④孤月の剣
⑤追っ手討ち

御庭番の二代目シリーズ

①将軍の跡継ぎ ②藩主の乱 ③上様の笠 ④首狙い
⑤老中の深謀 ⑥御落胤の槍 ⑦新しき将軍 ⑧十万石の新大名

→ この線で切り取ってください

↑ この線で切

取ってください

← この線で切り取ってください

⑨上に立つ者 ⑩上様の大英断 ⑪武士の一念 ⑫上意返し
⑬謀略の兆し ⑭裏仕掛け ⑮秘された布石 ⑯幻の将軍

藤木 桂（ふじき・かつら）

本丸 目付部屋シリーズ
①権威に媚びぬ十人 ②江戸城炎上 ③老中の矜持 ④遠国御用
⑤建白書 ⑥新任目付 ⑦武家の相続 ⑧幕臣の監察

藤 水名子（ふじ・みなこ）

古来稀なる大目付シリーズ
①まむしの末裔 ②偽りの貌

与力・仏の重蔵シリーズ
①情けの剣 ②密偵がいる ③奉行闇討ち
④修羅の剣 ⑤鬼神の微笑

旗本三兄弟 事件帖シリーズ
①闇公方の影 ②徒目付 密命 ③六十万石の罠

隠密奉行 柘植長門守シリーズ
①松平定信の懐刀 ②将軍家の姫 ③大老の刺客 ④薬込役の刃
⑤藩主謀殺

火盗改「剣組」シリーズ
①鬼神 剣崎鉄三郎 ②宿敵の刃 ③江戸の黒夜叉

剣客奉行 柳生久通シリーズ
①獅子の目覚め ②紅の刺客 ③消えた御世嗣 ④虎狼の企み

牧 秀彦（まき・ひでひこ）

森 真沙子（もり・まさこ）

日本橋物語シリーズ
①蜻蛉屋お瑛 ②迷い蛍 ③まどい花 ④秘め事
⑤旅立ちの鐘 ⑥子別れ ⑦やらずの雨 ⑧お日柄もよく
⑨桜追い人 ⑩冬 螢

箱館奉行所始末シリーズ
①異人館の犯罪 ②小出大和守の秘命 ③密命狩り
④幕命奉らず ⑤海峡炎ゆ

時雨橋あじさい亭シリーズ
①千葉道場の鬼鉄 ②花と乱 ③朝敵まかり通る

柳橋ものがたりシリーズ
①船宿『篠屋』の綾 ②ちぎれ雲 ③渡りきれぬ橋 ④送り舟
⑤影燈籠 ⑥しぐれ迷い橋

和久田 正明（わくだ・まさあき）

地獄耳シリーズ
①奥祐筆秘聞 ②金座の紅 ③隠密秘録 ④お耳狩り
⑤御金蔵破り

怪盗黒猫シリーズ
①怪盗 黒猫 ②妖刀 狐火

十手婆 文句あるかいシリーズ
①火焔太鼓 ②お狐奉公 ③破れ傘

取ってください

↓ この線で切

①抜き打つ剣 ②燃え立つ剣

八丁堀 裏十手シリーズ

①間借り隠居 ②お助け人情剣 ③剣客の情け ④白頭の虎
⑤哀しき刺客 ⑥新たな仲間 ⑦魔剣供養 ⑧荒波越えて

浜町様 捕物帳シリーズ

①大殿と若侍 ②生き人形 ③子連れ武骨侍

評定所留役 秘録シリーズ

①父鷹子鷹 ②掌中の珠 ③天領の夏蚕 ④火の車
⑤鷹は死なず

森 詠（もり・えい）

忘れ草秘剣帖シリーズ

①進之介密命剣 ②流れ星 ③孤剣、舞う ④影狩り

剣客相談人シリーズ

①長屋の殿様 文史郎 ②狐憑きの女 ③赤い風花 ④乱れ髪 残心剣
⑤剣鬼往来 ⑥夜の武士 ⑦笑う傀儡 ⑧七人の刺客
⑨必殺、十文字剣 ⑩用心棒始末 ⑪疾れ、影法師 ⑫必殺迷宮剣
⑬賞金首始末 ⑭秘太刀 葛の葉 ⑮残月殺法剣 ⑯風の剣士
⑰刺客見習い ⑱秘剣 虎の尾 ⑲暗闇剣 白鷺 ⑳恩讐街道
㉑月影に消ゆ ㉒陽炎剣秘録 ㉓雪の別れ

北風侍 寒九郎シリーズ

①津軽宿命剣 ②秘剣枯れ葉返し ③北帰行 ④北の邪宗門
⑤木霊燃ゆ ⑥狼神の森 ⑦江戸の旋風

↑ この線で切

↑ のりしろ ↓

全国各地の書店にて販売しておりますが、品切れの際はこの封筒をご利用ください。

安心の直送（冊子小包ほか）が便利です！

●お求めのタイトルを○で囲んでお送りください。代金は商品発送時に請求書を同封いたしますので、専用の振込み用紙にて商品到着後、一週間以内にお支払いください。なお、送料は1冊215円、2冊310円、4冊まで360円。5冊以上は送料・無料サービスいたします。尚、離島・一部地域は追加送料がかかる場合がございます。 **＊この中に現金は同封しないでください**

●当社規定により先払いとなる場合がございます。商品の特性上、不良品以外の返品・交換には応じかねます。ご了承ください。

●お買いあげになった商品のアンケートだけでもけっこうですので、切り離してお送りいただければ幸いです。ぜひとも御協力をお願いいたします。

●当社では、個人情報の紛失、破壊、改ざん、漏洩の防止のため、細心の注意を払っており、個人情報は外部からアクセスできないよう適切に保管しています。

＊書名に○印をつけてご注文ください。
本の価格については小社までお問い合わせください。

⇐ 書籍をご注文の場合は84円切手。アンケートのみの場合は、63円切手を貼り、裏面のキリトリ線で切断して投函してください。

※こちらは本体700円＋税となります

青田 圭一（あおた・けいいち）

奥小姓 裏始末シリーズ
①斬るは主命 ②ご道理ならず ③福を運びし鬼

浅黄 斑（あさぎ・まだら）

無茶の勘兵衛日月録シリーズ
①山峡の城 ②火蛾の舞 ③残月の剣 ④冥暗の辻 ⑤刺客の爪 ⑥陰謀の径 ⑦報復の峠 ⑧惜別の蝶 ⑨風雲の谺 ⑩流転の影 ⑪月下の蛇 ⑫秋蜩の宴 ⑬幻惑の旗 ⑭蠱毒の針 ⑮妻敵の槍 ⑯川霧の巷 ⑰玉響の譜 ⑱風花の露 ⑲天空の城 ⑳落暉の兆

麻倉 一矢（あさくら・かずや）

剣客大名 柳生俊平シリーズ
①将軍の影目付 ②赤鬚の乱 ③海賊大名 ④女弁慶 ⑤象耳公方 ⑥御前試合 ⑦将軍の秘姫 ⑧抜け荷大名 ⑨黄金の市 ⑩御三卿の乱 ⑪尾張の虎 ⑫百万石の賭け ⑬陰富大名 ⑭琉球の舞姫 ⑮愉悦の大橋 ⑯龍王の譜 ⑰カピタンの銃

上様は用心棒シリーズ
①はみだし将軍 ②浮かぶ城砦

かぶき平八郎 荒事始シリーズ
①残月二段斬り ②百万石のお墨付き

井伊 和継（いい・かずつぐ）

目利き芳斎 事件帖シリーズ
①二階の先生 ②物乞い殿様 ③猫化け騒動

飯島 一次（いいじま・かずつぐ）

小言又兵衛 天下無敵シリーズ
①血戦護持院ヶ原 ②将軍家の妖刀

井川 香四郎（いかわ・こうしろう）

ご隠居は福の神シリーズ
①ご隠居は福の神 ②幻の天女 ③いたち小僧 ④いのちの種 ⑤狸穴の夢

沖田 正午（おきだ・しょうご）

大江戸けったい長屋シリーズ
①ぬけ弁天の菊之助 ②無邪気な助っ人 ③背もたれ人情 ④ぬれぎぬ

大仕掛け 悪党狩りシリーズ
①如何様大名 ②黄金の屋形船 ③捨て身の大芝居

北町影同心シリーズ
①閻魔の女房 ②過去からの密命 ③挑まれた戦い ④目眩み万両 ⑤[illegible]

■ 大江戸けったい長屋４（21060）［発売日４／23］
人殺しのぬれぎぬを着せられた十四郎の無実を明かすため、菊之助が一肌脱ぐのだが……。
※こちらは本体700円＋税となります

倉阪 鬼一郎（くらさか・きいちろう）

小料理のどか屋 人情帖シリーズ
①人生の一椀 ②倖せの一膳 ③結び豆腐 ④手毬寿司 ⑤雪花菜飯 ⑥面影汁 ⑦命のたれ ⑧夢のれん ⑨味の船 ⑩希望粥 ⑪心あかり ⑫江戸は負けず ⑬ほっこり宿 ⑭江戸前祝い膳 ⑮ここで生きる ⑯天保つむぎ糸 ⑰ほまれの指 ⑱走れ、千吉 ⑲京なさけ ⑳きずな酒 ㉑あっぱれ街道 ㉒江戸ねこ日和 ㉓兄さんの味 ㉔風は西から ㉕千吉の初恋 ㉖親子の十手 ㉗十五の花板 ㉘風の二代目 ㉙若おかみの夏 ㉚新春新婚 ㉛江戸早指南

小杉 健治（こすぎ・けんじ）

栄次郎江戸暦シリーズ
①浮世唄三味線侍 ②間合い ③見切り ④残心 ⑤なみだ旅 ⑥春情の剣 ⑦神田川斬殺始末 ⑧明烏の女 ⑨火盗改めの辻 ⑩大川端密会宿 ⑪秘剣 音無し ⑫永代橋哀歌 ⑬老剣客 ⑭空蝉の刻 ⑮涙雨の刻 ⑯闇仕合〈上〉 ⑰闇仕合〈下〉 ⑱微笑み返し ⑲影なき刺客 ⑳辻斬りの始末 ㉑赤い布の盗賊 ㉒見えない敵 ㉓致命傷 ㉔帰って来た刺客 ㉕口封じ

高城 実枝子（たかぎ・みえこ）

浮世小路 父娘捕物帖シリーズ
①黄泉からの声 ②緋色のしごき ③髪結いの女

辻堂 魁（つじどう・かい）

花川戸町自身番日記シリーズ
①神の子 ②女房を娶らば

早見 俊（はやみ・しゅん）

椿平九郎 留守居秘録シリーズ
①逆転！評定所 ②成敗！黄禽大黒

居眠り同心 影御用シリーズ
①源之助人助け帖 ②朝顔の姫 ③与力の娘 ④犬侍の嫁 ⑤草笛が啼く ⑥同心の妹 ⑦殿さまの貌 ⑧信念の人 ⑨惑いの剣 ⑩青嵐を斬る ⑪風神狩り ⑫嵐の予兆 ⑬七福神斬り ⑭名門斬り ⑮闇の狐狩り ⑯悪手斬り ⑰無法許さじ ⑱十万石を蹴る ⑲闇への誘い ⑳流麗の刺客 ㉑虚構斬り ㉒春風の軍師 ㉓炎剣が奔る ㉔野望の埋火〈上〉 ㉕野望の埋火〈下〉 ㉖幻の赦免船 ㉗双面の旗本 ㉘逢魔の天狗 ㉙正邪の武士道 ㉚恩讐の香炉

勘十郎まかり通るシリーズ
①闇太閤の野望 ②[illegible] ③[illegible]

　門扉に貼り出されていた落書といい、晒し首にされた犬の頭に付けられていた警告文といい、明らかに武田作之介と由比進が、田沼意次に重用されていることへの揶揄と嫌がらせだった。

　それにしても、西辺家の愛犬の首を切り落とした所業はあまりに残酷で許されることではない。これは武田家に接近する西辺家への脅迫に違いなかった。

「いったい、誰の仕業なのか分かったか？」

「いえ、まだ。堅太郎によると、西辺家は一族郎党をあげて、誰が熊吉を連れ出したのかを調べています」

「熊吉は、どんな風に飼われていたのだ？」

「昼間は納屋の近くに縄で繋がれているのですが、夜は屋敷の敷地内に放し飼いされていたそうです」

「いつ、連れ出されたのか？」

「数日前の夜、熊吉は居なくなったのです。以前も、熊吉は夜、脱け出すことがあったので、家人はあまり気にしなかったそうです」

「脱け出したところを狙われたか、あるいは、餌か何かで誘き出されたのか」

　作之介は腕組みをした。

「我が家の門前に打ち棄てられていた首なし骸は誰が処分したのだ？」

吉住敬之助が口を開いた。

「それがしでございます。殿の朝の登城直前でしたので、殿や奥方様のお目に留まっては、さぞご不快であろうと思い、門番たちに骸を片付けさせました。あまり騒ぎが大きくならぬよう、門番たちには決して他言せぬように言い置きました。門番たちには、殿の見送りが終わった後、すぐに骸を近くの雑木林に運んで埋葬するように申し付けました」

「骸は傷の具合など調べたのだろうな」

「はい。調べました。首の切り口は、一刀のもとに斬られておりました。ためらい傷はありませんでした」

「ほかに。不審な傷はなかったか？」

「どういうことですか？」

「甲斐犬といえば、熊をも恐れずにかかっていくほど気が強く、敏捷に動く猟犬だ。日頃から可愛がっていた人間か、よほど犬の扱いに馴れた人間の仕業だ。あるいは事前に毒か何かを盛られて動けなかったということもあろう。甲斐犬が余所者に大人しく斬られるとは、どうも思えないのだ」

「そういえば……」

敬之助は思い出そうとし、腕組みをし、頭を捻った。

「それがしが骸を動かそうとした時に気付いたのですが、背に小さな傷があったように思いましたな」

「どんな傷だ？」

「スズメ蜂に刺されたかのような傷でした。その箇所が赤く腫れて盛り上がってましたな」

武田作之介は唸った。

「おそらく毒吹き矢だ」

「毒吹き矢？」

吉住敬之助が訝った。熊谷主水介も驚いたように背筋を伸ばし、敬之助の方を見ていた。

陣内長衛門は聞いているのかいないのか分からぬ風情で、首を垂れていた。

武田作之介がうなずいた。

「さよう。昔、毒吹き矢を射たれた者を見たことがある。射たれた傷こそ小さくて目立たないが、その部分だけ赤く腫れ上がっていた」

武田作之介は低い声でいった。

「熊吉は毒吹き矢を射たれ、軀が麻痺して動けなくなったところを何者かがばっさりと打ち首にした。そうに違いない」

由比進が訊いた。

「父上、では、毒吹き矢を使うのは何者ですか？」

「分からぬ」

熊谷主水介が口を開いた。

「以前、殿がごらんになった吹き矢使いは、何者だったのでござるか」

「陸奥のエミシだった」

「では、今度も陸奥のエミシの仕業では？」

熊谷主水介は身を乗り出していった。

由比進は津軽で暗躍する忍びが吹き矢や短い弓矢を使うという話を思い出した。

作之介は頭を振った。

「なぜ、エミシがわしらに嫌がらせをいたすというのだ？」

「警告文には、父上やそれがしが田沼意次様の忠犬だといっていましたが、エミシは、それが許せないと思っているのでは？」

作之介は笑った。

「ははは。逆だ。田沼意次様はエミシたちを支援して、十三湊を中心に皇国を創らせようとしている。それに反対する者が、わしらにエミシのふりをして警告したのではないか」

吉住敬之助が口を挿(はさ)んだ。

「そういえば門扉に貼ってあった落書で思い出したことがありました。殿も御覧になったと思います。首なし犬の絵の下に、小さく渦巻き模様が書き込まれてありました。覚えておられますか」

「そうだったか？　子どもじみた悪戯(いたずら)だと思って、ろくに見もせず、そちに処分させてしまった。よく覚えておらぬな」

由比進は懐からくしゃくしゃになった紙を取り出した。

「若党頭、これでござろうか」

由比進は皺くしゃの紙を拡げた。

「由比進、それは何だ？」

「これは犬の首が晒されてあった時、竹棹に貼り付けてあった警告文です。これにも、たしか渦巻きのような旋毛(つむじ)模様が」

警告文の末尾に掠れていたが小さな旋毛模様が描いてあった。

吉住敬之助は旋毛模様を見ながら、大きくうなずいた。

「そう、これでござる。先の落書の絵の下にも、この旋毛が確かにありました」

「ほほう。この旋毛がのう」

作之介は紙を手に取り、じっくりと渦巻きの旋毛模様を睨んだ。

吉住敬之助が申し上げた。

「殿、ともあれ、ご用心くだされ。こやつら、本気だと思われます」

「うむ。用心せねばなるまいな」

作之介はうなずいた。

「みなもくれぐれも用心せよ」

「はい。畏まりました」

熊谷主水介が真っ先に答えた。陣内長衛門はむすっとしたまま、頭を下げた。

敬之助が作之介にいった。

「ぜひ、奥方様にも、お話しなさっておいた方がよかろうか、と思います。今後、何が起こるか分かりませんので」

「うむ。由比進、すぐに行って、奥を呼びなさい」

「いや、それがしが」

吉住敬之助が立とうとした。作之介は待てと手で押さえた。

「若党頭、おぬしには話がある。由比進、おぬしが呼んで参れ」

「はい」

由比進は立ち上がった。書院の間を出ながら考えた。

事態が次第に容易ならぬ方角に進もうとしている。

すべては小姓組頭だった父武田作之介が、将軍家治と老中田沼意次に気に入られて、俸禄が一千石に加増され、さらに田沼意次の息子意知の側用人に重用されるようになったあたりから始まった。

父が幕政にどうかかわっているのかは、由比進もよく知らない。だが、これまで以上に、田沼意次派の人間と思われているのは間違いない。

父は足繁く田沼家に通うようになったし、幕府の要路として様々な会議に出るようになった。家にも田沼派と思われる要路が出入りするようになった。

台所から賑やかな話し声や笑い声が聞こえた。

台所では、母の早苗が、女中のおさきや下女のお清、おくに、ミネたちと一緒に、夕餉の支度をしていた。

炊きたてのご飯の匂いが漂ってくる。

由比進は台所の出入口に座り、御膳の支度をしている早苗に声をかけた。

「母上、父上がお呼びです」

「いま、手が離せません。もう少し後では、いけませんか？」

「急ぎの御用です」

おくにが聞き付けて振り向いた。

「奥様、大丈夫ですよ。あとはわたしたちでやりますから」

おくには若党頭吉住敬之助の内儀である。禄が加増されてから、武田家の一族郎党が増えたこともあって、賄い(まかない)の手助けに台所に入るようになった。

「奥様、わたしたちに任せてください」

ミネもいった。

ミネは夫堤恭平が斬死した後も、武田家に賄い婦として雇われて働いている。

女中のおさきや下女のお清も、うなずいていた。

「そうですか。では、よろしくお願いしますね」

早苗は姉さん被(かぶ)りをしていた手拭いを取り、襷(たすき)の紐(ひも)を解いた。

「どういう御用かしら。お急ぎの用事って」

「このところ、我が家に起こっている、不審な出来事についてです」

「犬の骸が門前に放置されたりしていることですか？」

「はい。ほかにも」

「分かりました」

早苗は笑顔を消した。おさきやおくにたちが騒めいた。由比進は訊いた。

「ほかに、何かありましたか？」

「そういえば、以前、屋敷の周りをうろついていた怪しい女がいたじゃない」

ミネがいった。おくにとお清が「そうそう。あの女」と声を揃えていった。

「うろついていたというのは、どう怪しかったのですか？」

「奥様や私たちが買物に出掛けたりすると、後からつけて来る女がいたんですよ」

「最近は、姿を見せなくなったわね」

「いつも同じ若い女だった」

「それも色っぽい女子で、きっと居酒屋の女よ。女の私から見ても、いい女に見えた」

「あれ、見かけだけよ。きっと年増よ、それもわたしたちと変わらないような大年増じゃないの」

みんなは声を上げて笑った。

「お殿様が、朝、お出かけになる時とか、下城なさった時にも、見かけたことがあるわね」

「見張っていた？」

「そう。身形(みなり)は町人娘とか、物売りに変えていたけど、顔は同じ女だった」

「最近は、見なくなったけどね」

「今度見かけたら、知らせてください」

由比進はおくにたちにいい、早苗を振り返った。

「書院に参りましょう」

早苗は由比進にうなずいた。

書院の間では、腕組みをした作之介の前に、吉住敬之助、熊谷主水介、陣内長衛門の三人が居並んでいた。新たに大吾郎も呼ばれ、三人の後ろに座っている。

「おう、奥か、ここへ座ってくれ」

作之介は自分の席の左隣に早苗を促した。

由比進は後ろの席の大吾郎と素早く目で挨拶した。

「由比進、おまえはわしの隣だ」

作之介は右隣に顎(あご)をしゃくった。

由比進は作之介の右隣に、正座した。

「みなに、わしが御老中田沼意次様から頼まれたことを話しておこう。それが今回の嫌がらせの原因となっていると思うからだ」

作之介はみんなを見回した。

「わしが御老中から、新しく若年寄になられた御子息意知様の御側衆に任じられたのは、周知の通りだろう。御側衆と申すは意知様の相談役であり、顧問役でもある」

作之介は言葉を切って全員を見回した。

「意次様意知様親子には、周知の通り、政敵が多い。従って、意知様に極めて近しいわしは、意知様以上に憎まれておる。まして、由比進が意知様護衛の傅役に選ばれたとあって、我ら武田家は、田沼意次意知様親子に与(くみ)する一族として、大勢から嫉(ねた)まれ、怖れられていることだろう」

作之介はため息をついた。

由比進が膝を進めて尋ねた。

「父上は田沼意次様から、どのような御下命を受けておられるのですか？」

「密命なので、詳しく、その中身は話せぬが、もしかすると、田沼意知様の名代として、十三湊に出向くことになるかも知れない」

「十三湊に」

由比進は大吾郎と顔を見合わせた。

「何をなさるのです？」

「北の異国との交易の交渉役を仰せつかっているのだ」

「赤蝦夷とでござるか？」

由比進は思わず口に出した。

「赤蝦夷だと？」

「十三湊では、魯西亜のことを赤蝦夷と呼んで怖れておりました」

「髯もじゃで図体のでかい魯西亜人たちは、寒さもあって、よく酒を飲んでおり、赤鬼のような赤ら顔をしておるからです」

作之介は笑った。

「さようか。おぬしたちは、わしよりも先に十三湊に行っておるのだものな」

「父上、十三湊に行けば、もしかして、寒九郎にも会えるかも知れません」

「うむ。実は田沼意次様も、寒九郎が安日皇子をお守りしていることをよくご存じである。魯西亜と交易交渉する上で、アラハバキ皇国の安東水軍とも交渉せねばならない。そこで、安日皇子に親しい寒九郎に協力してもらうことを、田沼意次様は期待しておるのだ」

「父上、それがしも、ぜひ、十三湊へお連れください。寒九郎に会いとうござる」

「殿、それがしも、同行させていただきたく」

大吾郎も由比進に口を揃えた。

「父上、それがしたち二人がご一緒すれば、安心でござる。道案内も出来ましょう。な、大吾郎」

「うん。由比進と俺の二人が行けば……」

「大吾郎、由比進様だ。呼び捨てはいかん」

吉住敬之助が大吾郎を振り向いて注意した。

「あ、いけねえ。由比進様とそれがしが一緒に行けば、鬼に金棒でござる」

「ははは。心配いたすな。幕府の使者として参るのだ。護衛はちゃんと付く」

早苗が心細そうに訊いた。

「お殿様、田沼意次様には政敵が多いとお聞きしています。道中の途次、反田沼派の刺客が襲わぬとも限らないのでは。本当に大丈夫なのでしょうか？　わたくしは心配しております」

　作之介は大きくうなずいた。

「奥が心配するのも、もっともなことだ。だが、みなにもいっておく。御老中田沼意次様の政治は、決して間違ってはおらぬ。それは、御上の家治様もご承知のこと。田沼意次様を助けるように御下命なさったのは、他ならぬ将軍様だ。我々には、御上がついているということ、努努忘れるでないぞ。何が起こっても、我らに正義がある。それを肝に銘じておいてほしい」

　作之介は、みなの心配を振り払うようにいった。

二

　庭には桜が満開に咲いていた。鶯が一際甲高い声で鳴いている。

　中老桑田一之進は書見台に置いた書を開き、読み入っていた。

　廊下を走り回る音が響いた。

　桑田一之進は目を書物から上げて訝った。

　屋敷は上を下への騒ぎになっていた。

　若侍の一人が書院に走り込み、桑田一之進の前に平伏した。

「殿、たいへんにございます」

「騒々しい。何事だ」

「離れにお住まいだった方々のお姿がありませぬ」

「なに？　五人ともおらぬというのか？」

「はい。昨夜、夕餉も摂らずお出かけになったまま、そのままお帰りになられないのです」

「出て行ったと申すのか？　何もいわずに」

「はい。離れの部屋に、この書き置きがありました」

　若侍は懐紙を桑田一之進に差し出した。桑田は懐紙をひったくるようにして手に取って開いた。

　書き置きには、お世話になったことの礼と、御上から江戸へ行けという御下命があったことが記されてあった。

「わしは出掛ける」

　桑田一之進は書き置きを懐に仕舞い込むと、苦々しい顔で立ち上がった。家来たちは、桑田一之進の慌てた様子に、急いで外出の支度を始めた。

「なに、鈎手組が姿を消したか」

筆頭家老の津軽親高は、桑田一之進から報告を受けると、ほくそ笑んだ。

「まったく、礼儀も知らぬけしからん輩でござる。こんな懐紙に、書き置きしただけで、面と向かって、それがしに挨拶もせずに、江戸へ発ったのでござるからな。まことけしからぬとは、思われませんか」

桑田一之進は憤慨した。

津軽親高はにやにやと笑った。

「ははは。桑田、ものは考えようだぞ。これで、我らは手を汚さず、大目付の手の者たちを、厄介払いできたのだからな」

「それはそうでござるが」

「老中田沼意次様から、大目付の手の者を追い出せといわれていたところだからな」

「そうですか。それなら、好都合でござったな」

桑田一之進は、ようやく鈎手組への怒りが収まった様子だった。

「桑田、それはそうと、江戸から、わしのところに密書が届いた」

津軽親高は、あたりに気を配った。座敷には、二人のほかに人の気配はない。

「密書でござるか？」

「老中田沼意次様が、わしの意向を呑んでくれた。十三湊での赤蝦夷との交易で上がる利益の三分の一を、わしに寄越すそうだ」

「では、残りの三分の二は、江戸の実入りということでござるか？」

「いや。その半分は我が藩に入り、残りの半分が幕府のものになる」

「御家老様、では、それがしの取り分はないのでござるか？」

桑田一之進は顔をしかめた。

津軽親高はにやにやと笑った。

「ははは。桑田、焦るな。わしの取り分の三分の一は、おぬしに渡そう。どうだ、悪くない分け前だろうが」

「はい。ありがとうございます。それでこそ、それがしが、筆頭家老様側に乗り換えた意味があるというもの。次席家老の大道寺為秀殿は、渋いものでしてな。少しも、それがしに利得を回そうとせず、ひとり占めなさる。さすが筆頭家老様は違う。ひとり占めなさらず、手の者にも利得をお分けになる。やはり筆頭家老といわれるだけ人望がございますな」

「桑田、お世辞をいうても三分の一以上は、出せぬぞ。おぬし以外の子飼いの者たちにも、しかるべき額を配らねばならぬからな。おぬしだけは飛び抜けて多額だということを覚えておけ」

「ありがたき幸せでござる」

「これも、おぬしにいわれて、田沼様に乗り換えたからだ。老中田沼意次様も、わしが承諾したことをひどくお喜びとのことだ。例の公儀隠密の半蔵(はんぞう)が知らせてくれた」

「さようでござるか」

「田沼意次様も、いよいよ本気で幕閣たちを自分の身内で御固めになり、幕政を我がものにするおつもりだ。そのため、御子息を若年寄に抜擢した。これは、異例中の異例の人事だそうだ。後ろには将軍家治様が居られるので、守旧派の松平定信様も大目付松平貞親様も、田沼意次様の攻勢に手を出せないでいる。いよいよ、田沼意次様が幕政を握れば、わしらも我が世の春を迎えることが出来ようぞ」

「御家老、我が藩では、もともとの田沼派である前の三席家老の杉山寅之助殿が居りますぞ。杉山派と我ら一派は、先に揉めて、折り合いが悪うござるが、いかがいたしますか?」

「あの揉め事は、次席家老の大道寺為秀が仕掛けたこと。我らは、大道寺為秀に乗せられ、加勢したにすぎん。おぬし、杉山に密かにあたってくれぬか。田沼様も、きっと望んでおられる。杉山派と我々が和解し、手を結べば、津軽藩は我々が牛耳（ぎゅうじ）ることになる。今後は、大道寺為秀たちに、とやかくいわれる筋合いはない」

「分かりました。それがし、密かに杉山殿と交渉しましょう。和解しようと、申し入れます」

「うむ。やってくれ」

津軽親高は急に笑顔を止め、真顔になった。

「ところで、杉山派と和解したとして、おぬし、寒九郎への復讐を我慢せねばならんぞ」

「はい。心得ています。恨みはありますが、それよりも、いまは利得が大事」

「ははは。おぬし、いうのう。恨みよりも利得か先か。おぬしらしい」

津軽親高はまた笑顔になった。

「ともかく、しばらく様子を見よう。寒九郎については、恨みを晴らすのを我慢しろ。そのうち、なんとかなる」

「はい。殿のために、大人しくいたします。だが、いつか必ず、息子の恨みを晴らしたいと思います」

桑田一之進は不満気にいった。

三

十二湖の一つ鏡湖の畔は静まり返っていた。四十雀の群れが木々の枝の間を飛び交っている。

ブナ林が陽光を浴び、風が吹く度に、淡い新緑の葉をさざ波のように揺らしていた。

鳥越信之介は鏡湖の畔の草地に座り、灘仁衛門と御新造の香奈と対面していた。

灘仁衛門は、鳥越信之介が手渡した「郡日誌」に見入っていた。傍らから、香奈が覗き込んでいる。仁衛門は、香奈が読みやすいように、日誌の頁を傾けていた。

そこにはナダ村の惨劇についての詳細な記述があった。郡日誌を書いたのは、元郡奉行の田山彦沙重門。元若手家老の杉山寅之助が右筆に命じ、藩の書庫から持ち出したものだった。

「そうでござったか」

日誌を読み終わった仁衛門は、日誌を香奈に渡し、深いため息をついた。

「仁衛門殿、ナダ村焼き討ち事件の詳細は、お分かりになったかな」

「分かり申した。討伐隊は鹿取真之助殿が率いたのではなく、当時物頭だった桑田一之進が率い、鹿取真之助殿は、むしろ村に早使いを送り、村長の父に逃げろと告げた。そうしないと、皆殺しにされるぞ、と」

「さよう」

　鳥越信之介はうなずいた。

　香奈が憂い顔でいった。

「あなた、これで鹿取真之助様が仇ではないことが分かってよかったですね」

「うむ」

　仁衛門は静かにうなずいた。

「これで鹿取寒九郎様に対して恨みを抱かずに済みますね」

「うむ」

「寒九郎様と立ち合う意味もなくなりますね」

「そうはいかぬのだ。香奈」

「どうしてです？」

「我が恨みは、たしかに晴れた。だが、御隠居様からの御下命があるのだ」

「どういう御下命ですか？」

「寒九郎を亡き者にせよ、と」

「どうして?」

「アラハバキ一族の平和を守るためだ。寒九郎を消せば、幕府とアラハバキ一族との戦はなくなり、平和が訪れるというのだ。寒九郎が生きている限り、アラハバキ一族は安泰ではない、といわれた」

「誰にでございますか?」

「大道寺次郎佐衛門様だ。それがしの育ての親だ。育て親のいうことは聞かねばならない。それが忠義というものだ」

仁衛門は低い声でいった。

「私は悲しうございます。仁衛門様はアラハバキの一員でありながら、アラハバキの寒九郎様を亡き者にしようとしている。それも、アラハバキではない、育ての親に忠義を貫こうとするとは。私には、あなたの心が分かりません」

「それがしは、武士。サムライが忠義の心を失ったら、ただの無頼か人殺しだ。武士は、あくまで親に忠義を尽さねばならぬのだ」

仁衛門は口をへの字に結んだ。

「あなたという人が分からない」

香奈が泣きだした。

鳥越信之介が取り成した。

「仁衛門殿、おぬし、大道寺次郎佐衛門殿に騙されておりますぞ」

「騙されておると？」

「一つは、村人は皆殺しにされたと。子どものおぬししか生き延びなかったと。だが、そうではなかった。日誌にもござるように、村人大勢を生け捕りにし、船に乗せて北へ運んだとあるではないですか」

「うむ。その日誌が本当ならばな」

「もしかすると、おぬしの両親兄弟姉妹は、北の追い浜の村で生きて暮らしているかも知れないのですぞ」

「…………」

「それなのに、大道寺次郎佐衛門殿は、おぬし一人だけしか生き残っておらず、といい、おぬしを我が子として引き取った。なぜ、でござろうか？」

「…………」

「しかも、もし、本当に我が子として引き取るなら、なぜ、大道寺の名字を名乗らせなかったのでござる？　ナダ村の灘を名乗らせた。それはなぜでござる？」

「分からぬ」

「それがしが思うに、アラハバキ族が将来、幕府に反旗を翻すのを見越して、アラハバキのおぬしを子飼いにし、利用しようと考えての深慮遠謀ではござらぬか？」

「おぬし、それがしの親を侮辱するのか？　ことと次第によっては、許さぬ」

仁衛門は脇に転がしてあった杖を手に取った。

「あなた、おやめください」

香奈が慌てて仁衛門を宥めにかかった。

鳥越信之介は平然としていった。

「侮辱ではない。真実をいっているだけだ」

「真実だと？」

「真実は耳に痛いものだ。もう一つ、大道寺次郎佐衛門殿がおぬしについた嘘がある」

「何？」

「寒九郎を殺めることは、アラハバキの平和のためになる、といわれたのだな。寒九郎はアラハバキにとって、無用な災いを起こす種だと」

「さよう」

「アラハバキ族は、もし寒九郎がいなくても、アラハバキ皇国を創ろうとする。寒九郎を亡き者にして利得があるのは、幕府、それも幕府内の守旧派だ」

「幕府内の守旧派だと？」

「田沼政治を忌み嫌う松平定信殿一派だ。彼らにとって、寒九郎は邪魔な男だから、おぬしに殺れとけしかけている」

「そんなことはない。次郎佐衛門様は公平無比な御方だ」

「大道寺次郎佐衛門殿は、誰のために働いているか知らぬのか？」

「知らぬ」

「大道寺次郎佐衛門殿が可愛がっている幕府要路は、大目付の松平貞親。松平貞親は、田安家の松平定信殿の腹心の部下だ。大道寺次郎佐衛門殿は、大目付松平貞親と示し合わせ、松平定信殿の意向を受けて動いている。おぬしに御下命したのは、元を辿ればば松平定信殿だ」

「まさか。それがしは松平定信の走狗となっていると申すのか」

「しかり」

「そういう、おぬしも、寒九郎を殺れといわれて、津軽に参っているのではないか？」

「しかし、それがしに寒九郎を葬れと命じたのは、御上の家治様、その側近の老中田沼意次殿。だが、条件が違う。寒九郎が幕府にとって邪魔な存在になったら、殺れと御下命があるだろう。それまでは、監視しろというのが、それがしに出ている指示だ」

「その幕府とは守旧派ではないな」

「もちろん、守旧派ではない。老中田沼意次殿のご意向だ」

「もし、寒九郎が幕府にとって邪魔な存在になって、殺れと御下命があったら、おぬし、いかがいたすのか？」

「前にも、おぬしにいった。御下命があっても、それがしは、一歩退いて考える。本当に寒九郎が国のためにならぬと考えたら、殺る」

「国のためとは、何だ？」

「江戸幕府のためとは限らない。それがしが考える国のためだ。幕府と国は必ずしも一致しない」

「妙な考えだな」

「そう思われても仕方がないな。だが、己れが納得しない暗殺はやらない。それがしは、そういう武士だ」

仁衛門は考え込んだ。

「そうか。それがしは、いつの間にか、幕府守旧派のために働いていたというのか」

「そうだ」

「だが、親の大道寺次郎佐衛門様が生きている限り、それがしは大道寺次郎佐衛門様の御下命を実行せねばならないと思っている。それが、なにはともあれ、それがしを育ててくれた親の大道寺次郎佐衛門様への恩であり、孝だ」

「さようか。その大道寺次郎佐衛門殿が亡くなったら、どうなるのだ？」

「それがしは自由になる。御下命が消える」

「そうか」

鳥越信之介は、うなずいた。指を口に入れ、鋭く指笛を鳴らした。

ブナの木の枝が大きく揺れ、黒い影がひらりと鳥越信之介たちの前に飛び降りた。

「参上仕（つかまつ）った」

人影は黒装束姿の忍びだった。

「半蔵、いかがであった？」

「はい。大道寺次郎佐衛門様、ご病気が悪化し、三日前にお亡くなりあそばされました」

「まことか」

「はい」

「まさか。嘘ではあるまいな」

仁衛門は腰を浮かせた。

「嘘ではありません。それがし、しかとこの耳で大道寺次郎佐衛門様の遺言もお聞きしております」

「遺言だと？　誰にいったのだ？」

「亡くなる直前に、お訪ねになった大目付松平貞親様と、御側にいた女中のお峰殿でござる」

「お峰殿は、御隠居様の最後の連れ合いだ。よく存じておる。して、その遺言とは何だ？」

「二人に頼んでおりました。灘仁衛門様へ、伝えてほしい、と」

半蔵は低いがはっきりした口調でいった。

「わしが死んだら、仁衛門に真実を伝えよ、と。おぬしには、家族が生きていると。わしの密命を忘れて、生き永らえろ。密命は守らないでいい、と」

「本当でござるな？」

「はい。間違いござらぬ」

　半蔵はきっぱりと言い切った。

「義父上、ありがとうございます！」

　仁衛門は目に涙を溜め、男泣きに泣き出した。香奈が仁衛門を抱き寄せ、背を撫でた。

　鳥越信之介は、ほっと安堵し、半蔵と顔を見合わせた。

四

　次席家老の大道寺為秀は座敷に入るなり、若侍に目で合図し、人払いをした。

　江上剛介は、とうとう来るべき時が来たのを悟った。

　大道寺為秀は床の間を背に座った。江上剛介も大道寺為秀と正対し、背筋を伸ばして正座した。

「細作から報告が入った。寒九郎一行は、白神山地を出で、十二湖村に降り立った。そこで寒九郎一行は村に入らず、通り過ぎ、十二湖の湊に下りて船に乗った」

「十二湖村には、刺客の灘仁衛門殿が居られるということでしたが、立合いはなかったのでございますか？」

「寒九郎は逃げた」

「逃げた?」

「細作によると、寒九郎一行は村長たちに歓迎されたものの、村に灘仁衛門が居ると知るや、尻に帆をかけて遁走したそうだ」

「なぜでございますか」

「灘仁衛門と一緒に、もう一人、江戸からの刺客がいたかららしい」

「その江戸の刺客とは?」

「鳥越信之介とか申す者だ」

江上剛介は唸るようにいった。

「ははあ。鳥越信之介が十二湖に入っておったのですか」

「おぬし、鳥越信之介を存じておるのか」

「はい。存じております。鳥越信之介は北辰一刀流の達人。それがし、奉納仕合いで、鳥越の立合いを見ております。あの時、奉納仕合いで、それがしが最も対戦したくなかった男です」

「おぬしは、立ち合わなかったのか?」

「立ち合いませんでした。鳥越は寒九郎と立ち合い、判定で負けてしまったので、勝ち進んで来なかったのでござる」

「なに、鳥越は寒九郎に負けたのか？」

「はい。だが、あくまで師範たちの決めた判定負け。それがしが見た限りでは、事実上は、鳥越の勝ちだと思います」

「どういうことだ？　事実上、鳥越が勝ったと申すのは？」

「鳥越は運が悪いことに、仕合いの最中に、玉砂利に足を滑らせ体を崩した。その瞬間、寒九郎に打ち込まれた。それでも鳥越は打ち返しており、相討ちにした。だが、判じ役たちは、寒九郎の一本が先と判定した。しかし、それがしの思うに、明らかに鳥越の技量が勝っていた。もし、真剣なら鳥越が勝ったと見ました」

「ほほう、そんなことがあったのか」

江上剛介は、合点がいったようにうなずいた。

「そうか。分かった。灘仁衛門は、確か鹿島夢想流免許皆伝の達人、さすが、谺一刀流を復活させたとはいえ、寒九郎は、鳥越と灘仁衛門の二人を相手にするとなると逃げ腰になりましょう」

「そうじゃのう。さすが、寒九郎も二人を相手では己れに不利だと逃げ出したのだろう。剣客にあらざる卑怯な振る舞いだのう」

「寒九郎一行と申されましたな。誰が一緒だったのですか？」

「ああ、連れ合いの女子がいたそうだ。安日皇子の娘で、たしか風姫とか申した女子だ。寒九郎は、その風姫を妻にし、安日皇子に取り入ろうとしているのだろう」

「その風姫を守るため、あえて立合いを避けたのかも知れませんな。寒九郎は、そういう男ですから」

「さようか。女子に弱いのが、寒九郎の弱点かのう」

「して、寒九郎は、いまどこに居るというのでござるか？」

「細作によると、寒九郎たちが乗った船は北に向かった。おそらく、十三湊ではないか、といっている」

「十三湊でござるか」

江上は、やはりとうなずいた。

「十三湊には、いずれ、夷島を出た安日皇子が入ることになろう。いよいよ、おぬしに働いてもらわねばならぬ時が来たようだな」

「さようでございますな」

江上は静かに答えた。

「出立の支度をいたせ。十三湊に入り、御下命されたことを果たすのだ。御上には、おぬしが十三湊に行く旨を知らせておく」

「はい。よろしうお伝えください」

江上は大道寺為秀に頭を下げた。


大道寺為秀が座敷を出ると、まるで、それを待っていたかのように郁恵がするりと部屋に入って来た。

「剛介様、本当でございますか？　十三湊にお発ちになるというのは？」

江上剛介は静かに笑いながらうなずいた。

「うむ。郁恵殿には、いろいろお世話になったな。御礼を申し上げておく。本当にありがとうござった」

江上剛介は郁恵に両手をついて、頭を下げた。

郁恵は膝行し、江上の肩を押さえた。

「やめてくださいませ。嫌です、そんな今生（こんじょう）の別れのような言い方をされては。私に頭なんか下げないでください」

「とはいえ……」

郁恵は江上の言葉を遮った。

「剛介様が、御上から何か密命を受け、十三湊にお出かけになるのは存じております。でも、生きてお帰りください」

「郁恵殿、心配無用にござる」

「郁恵のために、必ず生きて帰るとおっしゃって。お願い」

郁恵は江上剛介を見つめた。大きな目には泪がいっぱい溜まっていた。

「……分かりました。生きて帰ります。郁恵殿のところに」

「必ず、ですよ」

「必ず帰って来ます」

「約束ですよ」

郁恵はいきなり江上剛介の手を握り、頬擦りした。江上剛介は郁恵の行為に驚いた。

「郁恵殿」

「郁恵と呼んで」

郁恵は江上剛介の目を見上げた。

「郁恵」

江上剛介は思わず郁恵を引き寄せ、そっと胸に抱いた。郁恵は剛介の胸でささやくようにいった。

「剛介様、お慕いしておりました」

「それがしも」

江上剛介は郁恵の放つ芳しい香りに目を閉じた。郁恵の軀の温かさが胸に伝わってくる。

江上剛介は胸の中で誓った。

寒九郎に勝つ。どんなことがあっても寒九郎に勝つ。そして、安日皇子を討ち果たして帰る。どんなことがあっても……。

五

寒九郎ははっとして目を覚まし、身を起こした。レラ姫の笑顔が目の前にあった。

「寒九郎、どうなさった？」

レラ姫に膝枕しているうちに、いつしか転寝したらしい。

「夢だったか」

寒九郎はあたりを見回した。廊下の窓に、十三湊の光景が広がっていた。何十隻もの廻船が帆を下ろして、湖面に仮泊している。

暖かい春の陽射しが部屋いっぱいに差し込んでいた。窓の外に三分咲の桜が見えた。

「どんな夢でしたの？」

レラ姫は着物の膝のあたりの乱れを直しながらいった。

「よく覚えておらぬ。だが、なんか知っている男の夢だった」

寒九郎は頭を掻いた。

「いい夢？　それとも悪い夢？」

「わからん。知った男が若い女子を抱いている夢だった」

「まあ。その男というのは、あなたじゃなくって？」

「いや。残念ながら、それがしではなく、江上剛介だったように思う」

「なにが残念ながらよ。その女の人は知っている人？」

「いや、見知らぬ女子だった。だが、かなりの別嬪さんだったように思う」

「まあ。夢でも美人ということだけは分かるのね。だめよ、浮気なんかしては」

レラ姫は大きな目で寒九郎をぎゅっと睨んだ。

「ははは。それがし、浮気なんかせん。おぬしという女子がいるのに」

「まあ、口がうまい」

寒九郎はレラ姫の軀を引き寄せた。レラ姫は寒九郎の胸に顔を伏せた。

夢の中で、たしか、江上剛介もこうしておったな。

レラ姫の髪のいい匂いが鼻孔を満たした。

寒九郎は目を閉じて、夢の跡を辿り、思い出そうとした。

あれは、たしか江上剛介だ。明徳道場同門の兄弟弟子になる。鏡新明智流免許皆伝。道場の稽古で何度も江上剛介と立ち合ったが、三度に二度は寒九郎が負けた相手だ。

恒例の奉納仕合いでは、江上剛介が優勝した。

レラ姫にはいわなかったが、江上剛介は夢の中で、おぬしを斬るといった。その殺気と気迫を感じ、寒九郎は思わず目が覚めたのだ。

もしや、江上剛介が自分を狙う刺客になったということなのか？　もし、そうなら、江上剛介は恐るべき相手だ。

そんなはずはない、と寒九郎は否定した。

夢のお告げなんか己れは信じない。

階段を上がる足音が響いた。

寒九郎はレラ姫の軀をそっと離した。

咳払いが聞こえた。

「御免くだされ」

廻船宿丸亀の主人亀岡伝兵衛が廊下に座り、障子の陰から声をかけた。

「寒九郎殿、レラ姫様、よろしいかな」

「どうぞ」

寒九郎は答えた。

レラ姫は鏡台の前に移り、鏡を見ながら髪の乱れを直した。

「失礼いたします」

亀岡伝兵衛は膝行して部屋に入った。

「ただいま急ぎの使いが参りました。安日皇子様を乗せた船が明日、入港するそうです」

「父上が御出でになるのですか?」

レラ姫が振り向いた。

「はい。一昨日に夷島を出て、本日は北の追い浜の津に泊まり、明日、こちらに御出でになるとのことでございます」

「さようか」

寒九郎もうなずいた。

追い浜には灘仁衛門の親族がいる、と聞いた。もしかして、安日皇子様も灘仁衛門の親族を御存知かも知れない、と思った。

「それから江戸からも、早馬での知らせが津の幕府役人にあったそうです」

「ほう。どのような?」

「若年寄田沼意知様の名代となる全権大使が十三湊に御出でになられるとのことです」

「全権大使と申すのは、どういうお役目でござるか?」

「北の魯西亜との交易交渉について、幕府を代表する全権大使ということでございます」

「ほう。でも、魯西亜との交渉は、安日皇子が興すアラハバキ皇国の安東水軍に任せるという約束ではなかったのですかな?」

「まだアラハバキ皇国が正式に発足していないので、幕府としては、急遽全権を預けた大使を派遣するということでしょう。おそらく、全権大使は安日皇子様ともお会いになり、魯西亜との交易について、お話し合いをすることとなりましょうが」

このところ、頻繁に魯西亜船が南下して、十三湊をはじめ、奥州各地の湊を訪れて、幕府に開国を求めていた。幕府は、異国船は長崎(ながさき)の出島(でじま)だけとして、魯西亜船もそちらに回るようにと指示しているが、魯西亜はいうことを聞かなかった。幕府は、そこで密かに十三湊を開き、魯西亜船の寄港を認めていたが、それはあくまで秘密裏なことで、正式な交易ではなかった。

幕府は、いよいよ、重い腰を上げて、魯西亜との交渉をしようというのだろう。

「しかし、全権大使が、どこまでアラハバキ皇国を尊重し、北の魯西亜について御存知かですな。まったくこちらの事情を知らない、頭の固い役人では困りますからな」

「そこで、幕府も考えたようです。送られる全権大使は、寒九郎様も御存知の方とのこと」

「それがしが知っていると？　いったい、誰でござるか？」

「若年寄御側用人の武田作之介様とのことです」

「なんだって！　武田作之介様だと！　嘘ではあるまいな」

寒九郎は驚いて亀岡伝兵衛を見つめた。

レラ姫が髪を櫛で梳(と)かしながら、振り向いた。

「寒九郎様、よく御存知の方なのですか？」

「それがしの叔父上(おじうえ)でござる。伝兵衛殿、本当でござるか？」

「はい。早馬の知らせでは、武田作之介様は寒九郎様の御親族であり、小さい時から懇意になさっておられる方だ、とあるそうです」

「間違いない。叔父上だ」

　寒九郎は思わぬ知らせに、舞い上がる思いがした。

「それで、叔父上は、いつ、こちらに御出でになられる？」

「いろいろと幕府内で反対派との折衝があるらしく、すぐには来られない。おそらく一月ほど先になろうか、との由でした」

「さようか」

「こちらの幕府の出先役人も、全権大使の受け入れとなると、うちのような廻船宿にお泊めするわけにはいかず、全権大使にふさわしい本宿を建設せねばならない、と大慌てでございます。本宿が出来るまでは、丸亀を仮宿にしたい、という申し入れがありました」

「そうでござったか」

　寒九郎は腕組みをして考え込んだ。

　武田作之介様が一人で御出でになるとは思えない。おそらく、由比進や大吾郎も同行して来るのではないか。

　大吾郎が来ると思うと、すぐに幸のことが頭に浮かんだ。大吾郎は、寒九郎がレラ姫と一緒にいることを知らない。

妹思いの大吾郎は、自分とレラ姫の間柄を知ったら烈火のごとく怒るのではないか。江戸で待っている幸のことを、おぬしは裏切ったのか、と詰問（きつもん）するに違いない。

寒九郎は鏡台に座って髪を梳（す）いているレラ姫を見た。レラ姫は鏡に映った寒九郎に微笑（ほほえ）んだ。

「寒九郎、どうしたの？」

「いや、なにも」

「では、なぜ、そんなに悲しい目で私を見るのだ？」

「いや、何でもない」

寒九郎はつと立ち上がった。

「稽古に行って参る」

「いまですか？」

「うむ。大介は？」

「草間大介様は、小僧を連れて、近くの浜に釣りに御出でです」

伝兵衛が答えた。

「よし、それがしも、行ってみよう」

寒九郎はレラ姫が訝るのも構わず、木刀を手に廊下に出、階段を駆け下りて行った。

六

「若年寄様、近侍(きんじ)の御方は、ここから先には入れませぬ」

茶坊主は、若年寄田沼意知に付いて廊下を進もうとした由比進の前に座り、行く手を阻んだ。

真直ぐ奥に延びた廊下は薄暗く、静まり返っている。廊下の先に、老中や若年寄が政務を執る御用部屋がある。

田沼意知はうなずき、由比進にいった。

「由比進、おぬしは、ここに控えておれ。用事があったら大声で呼ぶ」

意知は、そう言い残すと、袴の裾を引き摺(ず)りながら、茶坊主に案内されて、廊下を進み、御用部屋に姿を消した。

代わって現われた別の茶坊主が由比進にいった。

「御腰の物、御預かりいたします」

由比進は、腰から大小を引き抜き、茶坊主に預けた。

「お帰りの際に、お返しいたします。こちらにどうぞ」

茶坊主は大小の刀を捧げ持ちながら、廊下の角を曲がり、由比進に付いて来るようにいった。

「こちらでお待ちください」

由比進を控えの間まで案内すると、襖を閉め、どこかに消えた。

控えの間は、六畳間ほどの部屋だった。

廊下に面した出入口と左右は襖で仕切られている。正面の明るい障子戸は庭に面しているようだった。

部屋の中には、何の調度もなかった。ただ畳が敷かれただけの殺風景な部屋だった。

由比進は部屋の中央に正座し、あたりの気配に耳を澄ました。

左右の襖の向こう側には、かすかに人の気配があった。由比進と同様、主人の用事が終わるのを待っている近侍たちらしい。

庭からかさこそと竹の葉の揺れる音が聞こえる。それから、鹿威しの竹筒が岩を叩く音が規則正しく響いている。

由比進は目を閉じ、全身から力を抜いた。

若年寄意知殿の傅役といっても、意知殿が殿中に入ったら、そこには小姓組の小姓たちが控えており、由比進のような近侍は立ち入り出来ない。

若年寄たちが、御用部屋で何を詮議しているのかも窺(うかが)い知れない。由比進はひたすら待つだけが仕事なのだ。

やがて廊下に足音がし、襖が静かに開いた。茶坊主が茶を載せた盆を運んで来て、由比進の前に置いた。

「どうぞ、お茶を」

「かたじけない」

茶坊主は、また音を立てずに襖を閉め、静かに去って行った。

由比進は、茶を啜り、ほっとため息をついた。

意知殿の傅役についてから、早半月ほどが経った。はじめの数日は、どこへ付いて行くにも緊張していたが、何事も起こらず、すぐに馴れてしまった。

さすがに意知殿が御用部屋に上がる際は別だった。ほかの御偉いさんといつ遭遇するか分からない。殿中はあまりにも広く、人もさまざま、身分の高い人と、そうでない人の見分けもつかず、由比進は戸惑うばかりだった。万が一、失礼なことをしたり、粗相(そそう)があってはならない。意知殿の背後にぴったりと仕えながら、いつ何時(なんどき)、飛び出して来るか分からない暴漢に備えるのは、至難の業だった。

しかも、意知殿が御用部屋に上がる時は、由比進は大小二本とも腰のものを取り上げられる。これで、万が一、意知殿の身に危険が及ぶようなことがあったら、丸腰で駆け付けねばならないのだ。

御用部屋の近くに控える小姓組の近侍が駆け付けるとしても、間に合わぬこともある。かつて、御用部屋では、幕府要路の乱心により、大老が刺殺された事例もあった。

そのため、御用部屋は、将軍が執務する中の間からも離されている。

意知殿が御用部屋に詰められる時は、まだいい。執務が終わると、意知殿はしばしば寄り道をしてお帰りになる。お忍びで花街に立ち寄るのはまだしもいい。

花街では、ある料亭に上がり、決まった芸妓を呼んで、遅くまで遊ぶ。由比進も宴席に誘われるのだが、酔客に混じって刺客がいるかも知れないので、気を抜いて飲むわけにはいかない。酒は嫌いではないので、いつも飲まずに緊張していることほど辛いものはなかった。

政務が終わって、ほっとしているのだろうが、それにしても意知殿は遊びで女子に手を出すのが早い。花街に遊ぶ時も、たいてい奥に部屋を用意させ、遊女に手を引かれて奥へ入って行く。そんな時は、由比進は部屋の近くの小部屋に陣取り、意知殿が部屋から出て来るのを待つしかない。

料亭の女将によれば、由比進の前の傅役は、殿の女遊びが終わるのを待つのが馬鹿馬鹿しくなって、自らお役目御免になったということだった。

だが、由比進は傅役になってから、まだ半月ほどしか経っておらぬので、待つのは退屈ではあったが、意知殿に付いて歩くと、いろいろな世界を覗き見ることが出来るので、その点では退屈しないでいた。

最近は、意知殿は、御用部屋詰めが終わると、まだ下城時刻にもならないのに城を出ることも多い。

そんな時は、たいてい意知殿はある武家屋敷に立ち寄った。屋敷の前で意知殿は、あたりに人がいないのを確かめ、「今日はご苦労だった。ここに寄ったことは内密にするように」と念を押し、先に帰るようにいう。

由比進は、普段意知殿の言い付け通りに、先に帰るのだが、ある日、気になって物陰に隠れて屋敷の門に消える意知殿を覗き見た。すると、門の中から出て来た若い女が嬉しそうに笑いながら意知の腕を取り、門の中に引き入れるようにして消えた。

あとで自宅の中間に、誰の屋敷かと尋ねると、さる勘定方の旗本の屋敷だった。

意知は旗本の主がまだ下城しない時を狙って、御新造にまで手をつけていたのだった。

由比進は前任者が辞めたのも、分かるような気がした。

父作之介に、以前そのことを訴えると、笑いながらいった。

「政務の重責を負っている者は、たいてい、どこかで憂さを晴らしたくなるものなのだ。英雄色を好むというだろう？　おまえも少しは大人になれ。見たくないものは見ないで、無視しろ。そのうち、きっと意知殿も気付いて、女遊びをしなくなる。それまで、気長に待つしかない」

突然、廊下の襖が勢いよく引き開けられた。

殺気が迸（ほとばし）った。黒装束姿の男が廊下に現われた。抜き身の大刀を手にしている。

由比進は、はっとして飛び退いた。腰に手をやったが、刀がない。丸腰だった。

左右の襖もさっと引き開けられた。そこにも黒装束の男たちが立っていた。手に大刀を持っている。

由比進は障子戸を背に立った。

「おぬしら、何者だ！」

三人の黒装束たちは無言で、じりじりと三方から由比進に迫る。

廊下から現われた黒装束の男が頭（かしら）のようだった。頭の男は、目で左右の男たちに、殺（や）れと命じた。

　左右に立った男たちの刀が振り上げられた。

「何やつ。それがしは、武田由比進。人間違いするな」

　頭は由比進の名前を聞いても動じなかった。

　こやつら、それがしを武田由比進と分かって襲っている。

　由比進はじりじりと退き、障子戸の桟に手をかけようとした。その瞬間、右手の黒装束が大刀を振りかざして、由比進に斬り込んで来た。

　由比進は障子戸の桟を摑んで障子戸を外した。障子戸を回して刀を払った。障子戸は刀で破られ、大きな音を立てて壊れた。

　ついで、息もつかせず、黒装束が左から斬り込んで来た。

　由比進は破れた障子戸を男に叩きつけ、庭先に飛び出した。築山があり、その手前に池がある。左手に竹垣、その背後にヤダケ、メダケの竹林が生えていた。

　三人の黒装束たちも、庭に飛び出して来た。

「出合え、出合え。曲者でござる」

　由比進は大声で怒鳴りながら、ヤダケの細い竹林に身を躍らせた。

　細い竹だが、刀を振り回すには邪魔になって中にいる人を斬ることは出来ない。

「出合え、出合え。曲者でござる」

由比進は叫んだ。三人の黒装束たちは、竹が邪魔になって思うように刀が振れず戸惑っていた。

由比進は最も近くから刀を突き入れて来る黒装束に竹の幹を曲げて葉先を揺らして挑発した。

「さあ、かかって来い」

「……おのれ」

黒装束は覆面の下で笑い、いきなり大上段から刀を竹の幹に振り下ろした。竹は斜めにすっぱりと切られて、由比進の手に残った。

由比進は、すぐさま切られた竹の幹を握り、竹の先の葉を、黒装束の顔の前に向けて揺らした。

「さあ、来い」

「三郎、気をつけろ！　そやつ、何か企んでおるぞ」

頭の男が黒装束の男に怒鳴った。

顔の前で竹の葉を揺らされた男は刀で払いのけ、気合いもろとも、由比進に斬り込んだ。

由比進は竹で刀を受けた。竹の葉が散り、竹の幹が斜めにすっぱりと切られた。由比進は竹が切られた瞬間、黒装束の前に飛び込み、鋭く切られて尖った竹の先を、黒装束の喉元に突き入れた。竹は喉元を貫いた。男は呻き、竹に手をかけて抜こうとした。

由比進は黒装束の手から大刀をもぎ取り、小脇に柄をあてた。躯をくるりと回し、大刀で黒装束の胴を、さっと撫で斬りした。黒装束の腹から、どっと鮮血が噴き出した。

由比進は全身に鮮血を浴びながら、血刀を右八相上段に構えた。黒装束の躯が由比進の背後で崩れ落ちた。

残った黒装束二人は、一瞬凍り付いた。

「さあ、来い。お相手いたす」

「おのれ」

黒装束の頭は刀を上段に上げ、由比進に突きを入れる構えを取った。

「曲者！　出合え出合え」

屋敷の奥から、何人もの小姓たちが駆け付ける。

「こやつらが曲者だ！」

由比進は怒鳴った。

二人の黒装束は、一瞬、顔を見合わせた。

「引け」

頭の男が低声でいった。

「……………」

二人はいきなり身を翻し、庭の築地塀に向かって走り出した。

「おのれ、曲者！　待て」

小姓組の侍たちが抜刀して駆け付け、黒装束たちの後を追った。

由比進は黒装束たちは小姓組に任せて、目の前に倒れた黒装束に屈み込んだ。黒布の覆面を剝いだ。

額に鈎手の刺青をした顔が現われた。

由比進は鈎手に触れて黒い刺青であるのを確かめた。

こやつ、鈎手組の刺客か。

鈎手の刺客については、十三湊の船宿丸亀の亀岡伝兵衛から聞いたことがあった。鈎手組が、祖父谺仙之助を襲って殺めたといっていた。寒九郎をも殺そうと狙っている。

その鈎手組が、今度は、それがしの命も狙うというのか？

「大丈夫でござるか」

黒装束たちを追った小姓組の者たちが戻って来て、由比進に声をかけた。

「大丈夫でござる」

由比進は刀を一振りし、刀身についた血糊(ちのり)を払い落とした。

「由比進、怪我はないか」

田沼意知の声が聞こえた。振り向くと、田沼意知が控えの間に立ち、心配そうに庭を見ていた。意知の傍らで小姓組の侍たちが、腰の大刀に手をかけ、あたりを窺っていた。

「怪我はありません。大丈夫でござる」

そういったものの、由比進は瘧(おこり)に襲われ、軀がぶるぶると震えた。生まれて初めて人を斬ったのだ。由比進は急に胸が悪くなり、激しく嘔吐した。

七

十三湊の街は大勢の人々が出て賑わっていた。

桟橋には安東水軍の幟(のぼり)をかかげた千石船が三隻停泊していた。幕府によって五百石以上の大型船は建造が禁止されていたが、安東水軍はその決まりに従わなかった。

その大型の千石船を護衛するように、何隻もの関船や小早が並んで桟橋に停泊している。その数およそ三十隻。街に繰り出した人々の多くは、安東水軍の船員や水夫と、その家族だった。いずれも夷島から十三湊に移住しようと、安日皇子に従ってやって来たアラハバキ族の人たちだった。

十三湊に入った安日皇子たちは、廻船宿丸亀を臨時の宿舎として滞在した。十三湊の地には、つぎつぎに新しい家屋が建てられ、アラハバキの人たちが夷島から移住しはじめていた。

街の南の湊近くに建築が進められているのは、幕府の政庁を兼ねた屋敷で、いずれ、全権大使が住む予定になっている。

市街地のほぼ真ん中に建設中の屋敷は、安日皇子の住居ともなる宮殿で、アラハバキ皇国の政庁になる予定の建物だった。

ふたつの建物は、それぞれ、アラハバキ族の大工たちや和人の大工たちの手によって、まるで競い合うように建築が進んでいた。

どちらの屋敷も、事前に幕府役人と安日皇子側役人双方の話し合いで、城郭や平城ではなく、普通の屋敷にする取り決めになっていた。

「幕府がどこまで約束を守るか分かりませんからな。幕府はいつも我々との約束を破る。十三湊に我々の本格的な城砦(じょうさい)を造られては困ると考えているでしょうな」

安倍龍之輔(あべりゅうのすけ)は、窓から見える双方の屋敷造りの様子を見ながら、寒九郎にいった。

安倍龍之輔は、安日皇子側近の一人で、将来アラハバキ皇国の左大臣に就くことが約束されている男だ。安東水軍の頭領でもある。まだ三十代後半の精悍な顔付きの海の男だった。

安藤真人(あんどうまひと)も口を揃えて幕府への不信を訴えた。

「おそらく、幕府は、どこかでわしらを裏切るような陰謀を企んでいる、と私は見ております。表で手を握りながら、裏で足で蹴りつける。そういうことを平気でやるのが幕府ですからな」

安藤真人は苦々しく笑った。

安藤真人もまた、安日皇子が夷島にいたころ、安日皇子の右腕として、政治に腕を揮(ふる)った側近だった。彼もまた三十代後半の男で、もともとは伊達(だて)藩で異国との交易で辣腕を揮った官僚だった。将来は右大臣を約束されている。

安日皇子は十三湊に政庁を開くにあたり、夷島から信頼する側近の安倍龍之輔と安藤真人二人を引き連れて来たのだった。

寒九郎は安日皇子から、今回初めて二人を紹介された。

「この二人がいる限り、アラハバキ皇国は安泰だ。私のことをしっかり支えてくれている」

安日皇子は二人を満足気げに見た。

寒九郎は安日皇子と側近たちにいった。

「安日皇子様や、側近お二人の幕府への不信、よく分かります。それがしも、いまの幕府は、正直いって信用しておりませぬ」

「そうであろうな」

安日皇子は笑いながらうなずいた。

「幕府は、おぬしに、密かに何人もの刺客を放っておるのだものな。そんな幕府を信用出来るはずもない」

寒九郎も笑って答えた。

「そうなのですが、この度、若年寄田沼意知殿の名代で全権大使として十三湊に赴任する武田作之介は信用出来る人物でございます。それがしが保証します。なにしろ、武田作之介は、それがしの叔父でもありますし、老中田沼意次殿のみならず、将軍家治様の信任も厚い」

「ほう。さようか、叔父にあたる人か」

安日皇子は驚いた。寒九郎は続けた。

「武田作之介の妻早苗は、それがしの母菊恵の実の妹です。菊恵と早苗の姉妹は、谺仙之助の娘になります」

「ほう、さようか。それはいい」

安日皇子をはじめ、安倍龍之輔も安藤真人も驚きの声を上げた。

「では、武田作之介殿は、我らアラハバキの味方ではないか。安堵した。今回は、信用出来そうだな」

安日皇子は嬉しそうにいい、側近たちと顔を見合わせて笑った。

「しかし、お父さま、油断は禁物ですよ。幕府内は一つではなく、反田沼派も力を持っているとのこと。田沼様の施政を邪魔しようと、お父さまや寒九郎の命を狙う刺客が何人も派遣されているのですから」

「うむ。それは聞いている。しかし、以前にあったようなことは二度はない」

安日皇子は後ろに控えた双子の剣士に目をやった。

安日皇子の後ろには、安日皇子を守る北面(ほくめん)の武士、双子の辰寅(たつとら)兄弟が控えていた。

安倍辰之臣(たつのしん)は北辰一刀流免許皆伝、寅之臣(とらのしん)は柳生新陰流(やぎゅうしんかげりゅう)免許皆伝。いずれ劣らぬ剣の達人だ。

寒九郎は、以前、辰寅兄弟と立ち合ったことがあるが、ようやくにして勝つことが出来た。だが、後で振り返るに、辰寅兄弟はレラ姫のために手を抜いたようにも思える。二人は否定するが、寒九郎は心の中で、そう確信していた。ともかくも、彼ら二人が北面の武士としているかぎり、安日皇子を倒すことは並大抵のことではない。

「それがしも、辰寅のご兄弟がお側にいる限り、安日皇子様も安心とは思います。ですが、攻める側は、いつ、どこで、と時と場所を選ぶことが出来ましょうが、守る側は、それが出来ず、終始油断出来ない。これは守る側の宿命ですが、くれぐれも御油断なさらぬようお願いいたします」

寒九郎は辰寅兄弟に会釈した。辰寅兄弟は顔を見合わせ、寒九郎にうなずき返した。

「ところで、全権大使の武田作之介殿は、いつこちらに御出でになられるのですかな？」

「それは、それがしも分かりません」

寒九郎は後ろに控えた亀岡伝兵衛を振り向いた。

「伝兵衛殿は、御存知ですか？」

亀岡伝兵衛は鷹揚に答えた。

「手前が、在所の幕府役人にお訊きしたところ、すぐには無理だろうとのことでした。こちらの政庁の屋敷が建っておりませんし、このところ魯西亜の船の到来もない。北の国の雪が溶けて、異国船の往来が盛んになる夏には、全権大使が派遣されるといっておりました」

「夏ころですか」

「わがアラハバキ皇国も、そのころには発足出来るのでは?」

「さようでござるな」

安藤真人たちが、互いに言葉を交わしていた。

階段を上がって来る大勢の足音が響いた。

女将をはじめとした仲居や女中たちが膳を抱えて現われた。女将の指示で、膳が座敷に並べられて行く。

亀岡伝兵衛が朗らかにいった。

「なにはともあれ、安日皇子様の無事御帰還と御健康を祝すため、私どもがご用意させていただきました。どうぞ、みなさまお受け取りください」

女たちが引き下がるのと入れ替わりに、今度は、安東水軍の揃いの法被(はっぴ)を着た男たちが階段を上がって来た。安東水軍が誇る船長(ふなおさ)たちだ。船長たちはぞろぞろと座敷に入って来た。

船長の一人が安日皇子にあいさつをした。

「安日皇子様、船長一同、参上いたしました」

船長たちは一斉に安日皇子に頭を下げた。

「おう。みな、来たか。ご苦労であった」

安倍龍之輔が立ち上がり、みなにいった。

「みな、まずは席に着いてくれ」

船長たちは、それぞれ、並んだ膳の席に着いた。

「おう、これはご馳走だ」

みなは喜んだ。安日皇子が席に着くと、みんなも席に座った。

再び、仲居や女中たちが酒徳利を持って現われた。船長たちは歓声を上げた。

仲居や女中たちが膳に付き、男たちに酒の酌を始めた。

女将がにこやかにいった。

「さあさ。安日皇子様、お嬢様、御家臣のみなさま、お酒のご用意が出来ました。どうぞ、お召し上がりくださいませ」

寒九郎はレラ姫とともに、安日皇子と並んで座った。女将がさっそく安日皇子の杯に徳利の酒を注いだ。

レラ姫は女将の真似をして、寒九郎の杯に酒を注ぐ。

安日皇子が酒を口に運ぶのを合図に、宴会が始まった。

寒九郎は酒を飲みながら、安藤真人に話しかけた。

「少々、お尋ねしたいのですが、十三湊に入る前に、北の追い浜の津にお寄りになったそうですな」

「はい。寄りました」

「追い浜にエミシの村があると聞きましたが」

「あります。村人たちは、昔から私たちを支援してくれています」

「そこに、いまから二十二年ほど前にあった十二湖のナダ村焼き討ち事件の生き残りの人たちがいると聞いたのですが」

「おります。のう、龍之輔、おぬしが、よく知っておるな」

「うむ。おるおる。おりますぞ。それがどうしたといわれるのか?」

安倍龍之輔が杯をあおるようにして酒を飲みながらいった。

「それがしの知り合いで、灘仁衛門と申す者がいて、自分の身内の者がいないか、と探しているのです」

安倍龍之輔は訝り、安藤真人と顔を見合わせた。

「それは、彼を焼き討ちされた村から救い出した、幕府の和人が付けた名で、本名ではない」

寒九郎は灘仁衛門が難を逃れた事情や、彼の容貌について話した。

「我々には分かりかねますな。やはり、本人が直接追い浜の村に乗り込んで村人たちと話をしなければ」

「さようでござろうな」

突然、女の悲鳴が上がった。

寒九郎は驚いて悲鳴を発した老婆を見た。

知らぬ間に、白い巫女姿の老婆が座敷の出入口に立って、両手の数珠を揉みながら、口でぶつぶつ呪文を唱えていた。

近くにいた船長たちが、老婆に寄って、その場から追い出そうとした。

「待て。その老婆は口寄せをするイタコだ。何か、お告げを伝えに参ったのだろう。追い出すな」

イタコの老婆は皺だらけの顔を歪め、歯を剝き出しにして、細い指を安日皇子に向けて叫んだ。

「安日皇子よ。直ちに、ここを立ち去れ。さもないと、おぬし、死ぬぞ。夷島に戻るのだ」

老婆の声は、男の声だった。

安日皇子は顔色を変え、杯をぽとりと落とした。

「父安日皇子様の声だ。冥界の父上が警告している」

「お父さま」

レラ姫は安日皇子の軀を支えた。安日皇子の軀は瘧に襲われたようにぶるぶると震えていた。

「寒九郎」

レラ姫は寒九郎を振り向いた。寒九郎はとっさに安日皇子に膝行し、軀を押さえた。

老婆のイタコは、今度は寒九郎を指差した。

「寒九郎、あなたは江戸へ、すぐに帰りなさい。由比進の家族にも災禍が迫っています。あなたが帰らねば、早苗も死にましょう」

老婆の声は、いつの間にか、母菊恵の声になっていた。

「母上」

寒九郎は思わず叫んでいた。

老婆のイタコは、それだけいうと、白目を剝いて、昏倒し、口から泡を吹いていた。

女将や女中が駆け寄り、老婆を介抱したが、老婆は意識を失ったままだった。

「寒九郎、どうするつもり？」

レラ姫が寒九郎を見た。

「信じられぬ。大丈夫だ。江戸へは帰らぬ。あんな予言は信じられぬ」

「よかった。寒九郎が江戸へ帰ったら、私は死ぬ」

レラ姫は寒九郎の目をじっと見つめた。

「馬鹿な。そんなことはいうな。それがしは、帰らぬ。心配いたすな」

寒九郎はレラ姫にいいながら、イタコの不気味なお告げが耳に反響していた。

「早苗も死にましょう」

あれは、母菊恵の声だ、と寒九郎は心の中で思った。

八

由比進は、はっとして耳を澄ました。

悲鳴のように聞こえた。それも、男の声の悲鳴。
由比進は座敷の中で立ち上がった。
あれは、田沼意知殿の声ではなかったか。
御用部屋の方で、騒ぎが起こっている。どたどたと廊下を走る足音が響いた。
由比進は廊下の襖をがらりと引き開けた。
奥の御用部屋の前で、揉み合っている人影があった。
由比進は、咄嗟に控えの間から飛び出した。
争っているのは、近侍と誰かだ。
近侍は抜刀し、相手に刀を突き入れている。
相手は遠目にも田沼意知様と分かる。
由比進は走りながら、思わず叫んだ。
「誰か、乱心者を止めよ。田沼意知様、いま助けに参りまするぞ」
袴の裾が乱れ、足がもつれて転びそうになる。だが、由比進は必死に突進した。
「待て待て、狼藉は許さぬぞ」
由比進の前に小姓組の近侍たちが飛び出して立ち塞がった。
由比進は小姓たちに軀を抑えられ、前に進めなくなった。

目の前に倒れているのは、田沼意知だった。腹部や胸を刀で斬り付けられ、倒れていた。鮮血が噴き出し、廊下の床に広がっていく。

「おぬしら、なぜ、乱心者を取り押さえぬ！」

由比進は、軀を抑えている近侍の手を振りほどこうと暴れながら怒鳴った。

近侍たちは、手を拱き、乱心者の周囲にうろうろしている。

「おのれ、見殺しにするのか。おぬしら、こやつの仲間だな」

「黙れ黙れ、殿中でござるぞ。刃傷沙汰はご法度」

由比進を抑える近侍たちは怒声を上げた。

田沼意知は、ずるずると這って、桔梗の間に入った。なおも、乱心者は刀を田沼意知に突き刺した。止めを刺そうとしていた。

由比進は渾身の力を揮い、近侍たちを撥ね退けた。

「待て、狼藉者！　止めろ」

由比進は、刀をなおも振おうとする近侍に飛びかかった。近侍は由比進の腕を振り払い、なおも田沼意知を斬ろうとした。

「天誅でござる」

由比進は、暴れる近侍の鳩尾に鉄拳を叩き込んだ。うっと仰け反った相手の腕を捩じ上げ、刀を取り上げ、部屋の隅に放った。

　そこへ上級の武士が駆け込み、刀を取った。

　由比進は暴れる近侍をねじ伏せた。

「よし。よう取り押さえた」

　上級の武士が由比進を労った。

「何をしておる。早く若年寄様を運べ。典医を呼べ」

　上級の武士が叫んだ。ようやく近侍たちは動き出した。三、四人が田沼意知の躯を抱え上げ、廊下の奥へと運んで行く。

「もうよし。おぬしも退け」

　上級の武士は由比進にいった。

　近侍たちは由比進が押さえ付けた狼藉者の両腕を摑み、引き立てていった。

　上級の武士は由比進に尋ねた。

「おぬしは?」

「田沼意知様の傅役武田由比進でござる」

「なに、傅役。では、不覚を取ったな。なぜ、刀を取って守らなかった?」

「それがし、ここでは大小を取り上げられております。殿中だといわれて」

「なんと。それでみすみす……」

上級の武士は顔をしかめた。

「畏れ入ります。御貴殿は？」

「目付の木村陣佐衛門だ。いいか、武田由比進、ここで見聞きしたことは一切他言無用だ。無闇に喋るとお咎めがあるぞ」

「はあ、なぜにございますか？」

「なんでもいい。ともかく、黙っておることだ。いいな。すぐに、ここを引き上げろ」

目付は、それだけいうとくるりと軀を翻し、奥へと歩きだした。

由比進は茫然として目付を見送った。

茶坊主たちが雑巾と桶を持って来て、血塗られた廊下や座敷を掃除しはじめていた。

由比進は、運ばれた田沼意知が無事であることを祈った。なんとか、生き延びてほしい、と神に祈った。

第四章　さくら、散る

一

若年寄田沼意知が殿中にて、佐野某（さのなにがし）なる近侍に襲われ、腹部や下腿部を何箇所も刺され、瀕死の重傷を負ったという話は、その日のうちに城内ばかりか江戸市中にも広まった。一時、容体（ようだい）が持ちなおすかに見えたが、結局、八日後、意知は意識が戻らず死亡した。三十六歳だった。

由比進は田沼意知家の屋敷に詰め、八日の間、死の床にある意知に、ほとんど眠らずに付き添っていた。

由比進は傅役として失格だと心から悔やんでいた。意知の奥方様からは、最期の最期まで、よくぞ守ってくださったと労いの言葉をかけられ、深く感謝された。由比進は奥方様の前で、傅役の役目を果たせず、申し訳ありませぬ、と声を上げて泣いた。

意知が亡くなった四日後、下手人の佐野政言は揚げ屋敷で切腹させられた。佐野は二十八歳だった。

由比進は、三日の間、床についたまま眠り続けた。

四日目、起こしに来た作之介は、早苗と一緒に、由比進を慰めた。

「人には誰にも運というものがある。宿命といってもいい」

「しかし、それがしが、もう少し早く、異変に気付いていれば……」

「意知様は助かったかも知れないというのだろう？　しかし、その運命の分かれ目は、誰にも分からないものだ。人は死ぬ時は死ぬ。誰にも、それは避けられない。いつ死ぬかは、神様だけが御存知のこと。由比進、おぬしの責任ではないぞ」

早苗も優しく由比進を諭した。

「由比進、旦那様がおっしゃる通りです。あなたが悔やむのは分かります。でも、あなたは精一杯、意知様に尽くしたと思います。意知様も、天から、あなたに感謝しておられますよ。きっと……」

早苗は涙ぐんだ。

由比進は深くうなずいた。

「父上、それにしても合点がいかないのです。あの場にいた近侍たちが、なぜ、佐野が意知様に斬りかかるのを止めなかったのか。駆け付けたそれがしを止めるくらいなら、先に刀を抜いた佐野を制止すべきだった」

「うむ」

「しかも、それがしは丸腰ですよ。近侍たちは脇差が許されていた。それなのに彼らは丸腰のそれがしを止め、刀を振るう佐野と斬り結ぶこともせず、傍観していた。彼ら近侍は殿中で要人が危害に遭うのを防ぐ役目もあるはず。だけど、近侍たちは周りでただ騒いでいただけだった。これはおかしいではないですか？」

「うむ」

作之介は腕組みをして、目を閉じた。

「由比進、これはただの刃傷沙汰ではない」

「と申されますと？」

「意知様が逃げ込んだのは、何の間だ？」

「桔梗の間です」

「やはりな。桔梗の間は、大目付や目付が詰める間だ。意知様は最期の最期、桔梗の間に走り込んだのは襲った者たちが誰の指示だったのかを示そうとしたからだろう」

「なんですって」

由比進は、はっとして顔を上げた。

大目付は松平貞親様。部屋にいたはずの大目付様は、顔も出さなかった。部屋にいたのは、目付の木村陣佐衛門だった。

佐野は止めに入った由比進を斬ろうとしたが、目付には抗わなかった。

「上の者たちが容認していなければ、殿中で若年寄が番士に襲われるといった刃傷沙汰など起こることではない」

「では、意知様は謀殺されたと」

作之介はかっと目を開いた。

「そうだ。反田沼派の策謀だ」

由比進は父作之介の気迫に驚いた。

「策謀でござるか」

「そうだ。息子を刺殺された田沼意次様は、烈火のごとく激怒された。直ちに目付に命じ、佐野を止めなかった小姓組の近侍たちを処分させた。その数はなんと二十一人にも上った」

「二十一人も、あの場にいたのに誰も佐野を止めなかったのでござるか?」

「そういうことだ。現場にいなかった小姓組頭や小頭が責任を問われるのは当然だが、それにしても、佐野を止めなかった者たちへの処分は譴責止まりで、あまりに軽い。重くても何人かが小姓組を辞めさせられただけだ。そのため、老中田沼意次様の面目は丸潰れになった」

「そうでしたか」

父親の田沼意次様の悲嘆は、由比進にもよく分かった。

「それにしても、佐野は、どうして意知様を殺めようとしたのでしょうね」

作之介は、じろりと由比進を見た。

「おまえも、もう大人だから、いってもよかろう。どうやら、二人の間に、ある女子をめぐって争いごとがあったらしいのだ」

「女子を争った？」

「詳しいことは分からぬのだが、佐野は、ある旗本家の女子に惚れ込み、密かに通っていたらしい。意知様は、おまえも知っておろうが、女子に手を出すのが早い」

「はい。存じております」

由比進は意知を護衛して、何度か茶屋に出掛けたことがあった。そこで、意知は女子と逢瀬を重ねていた。時には、密談があると称して、さる武家屋敷に行くこともあった。口には出さなかったが、たいていは女子を訪ねてのことだった。由比進は、見聞きしたことはすべて他言無用と命じられていた。

「意知様は、ある女子に入れ込み、何度も女子の家に通っていたらしい。その女子が佐野の女子だったらしいのだ」

「すると、佐野は好きだった女子を奪われた恨みから意知様を刺したというのですか？」

「佐野は意知様を刺しながら、覚えがあろう、と何度も叫んでいたそうだ。おまえも聞いていなかったか？」

由比進は目を閉じ、当日の惨劇を思い起こした。たしかに、佐野は意知に刀を突き入れながら、何か叫んでいた。いわれてみれば、佐野は「覚えがあろう」と大声で叫んでいたような気もする。

「近侍たちが、佐野をすぐには止めなかったのは、どうやら、その事情を聞いて佐野に同情していたかららしい」

由比進は腹が立った。

だからといって、殿中での刃傷は許されることではない。近侍たちが佐野を止めなかったのは、ほかにも理由があったからに違いない。

由比進は顔を上げた。

「佐野は御上の取り調べに、何といっているのですか？」

「揚げ屋敷に入れられてから、ただ黙して語らぬそうだ。だが、おそらく、誰かに喋るなといわれているのだろう」

「誰かと申されると？」

「決まっておる。反田沼派の幕閣たちだ」

「父上は、この事件を、どうご覧になっておられるのです？」

「証拠はないが、事件には裏がある。どうも反田沼派の陰謀の臭いがしてならぬ。田沼意知様は意次様にとって大事な後継者だった。田沼政治を引き継ぎ、さらに進める大黒柱だった。実際、御上も意次様を大老に、そして、意知様を老中に引き上げようと考えておられた。そうなれば、幕府の権力は田沼意次様と意知様が握ることになる。意次様の次の狙いは、開国にもう一歩踏み込むことだ」

「開国ですか」

「そうだ。十三湊を北の出島にするのは、そのためだ。魯西亜と交易を進めれば、一気に開国の気運が高まる。異国に我が国の物を売り、異国から大量に物が入ってくる。それによって、我が国は潤い、景気も良くなる。だから、意知様は反田沼派にとっては、なんとしても、いまのうちに除いておきたい人物だった」

「なるほど」

「意次様も、そうと察知し、意知様の身辺を固めようとしたが、意知様は大丈夫だと笑っていた。心配した意次様は、せめて、信頼の出来る者を、というわけでおまえを傅役に付けたのだ」

「……申し訳ありません。それがしの不覚によって……」

「由比進、おまえを責めているのではない。すべては、反田沼派が悪いのだ。反田沼派は意知様を城外で襲わせず、自分たちが支配する城内で襲わせた。城内であれば、目付、大目付は反田沼派だ。事件を女子絡みのものにして、私的な怨恨を晴らしたものとして、事件の背後にいた己れたちを消すことが出来る。可哀相なのは、彼らにいいように利用されて自害させられた佐野だ」

「なんということだ」

由比進は腕組みをして考え込んだ。

「漏れ伝わって来た噂では、佐野は切腹させられる間際に、騙されたと騒ぎ出し、介添え人に無理遣り介錯されたといわれている。その時、佐野はある幕府要人に会わせろ、約束が違うと叫んでいたらしい」

「約束が違う？　その幕府要人とは誰ですか？」

「騒ぎを見聞きした牢番人によれば、松平定信様だということだった」

作之介は静かにいった。由比進は黙った。

しばらく沈黙が書院の間を覆った。

やがて早苗が重い口を開いた。

「旦那様、これから、いったい、どうなりますか？」

「いまのところ、変わりはない。意知様を失ったものの、老中意次様は、これまで通りの方針を貫くおつもりだ」

「では、旦那様は」

「近いうちに全権大使として十三湊に出向き、魯西亜と交渉することになろう」

由比進が膝を進めた。

「それがし、お父上に同行させていただきます」

早苗は大きくうなずいた。

「由比進、ぜひとも、旦那様と一緒に行きなさい。あちらには寒九郎もおりましょう。二人で、旦那様をお守りしてください」

「はい。お任せください」

由比進は早苗にうなずいた。

「あなた……」

「心配いたすな。それがしは意知様の二の舞は踏まぬ」

作之介は早苗の顔を見ながらいった。

二

庭の桜は、花吹雪となってひらひらと散っていた。

「そうか。さくらは散ったか」

松平定信は縁側の外に広がる庭園に目をやりながら、煎茶を旨そうに啜った。

松平定信の前には、大目付松平貞親、津軽藩江戸家老大道寺為丞が控えていた。

春の陽射しが池の水面にきらきらと眩く光っている。

松平定信は茶托に湯呑み茶碗を戻しながらいった。

「万が一にも、我らが疑われるようなことはあるまいな」

「はい。万事抜かりなく」

松平貞親は松平定信に報告した。

「さようか。それにしても、よくぞ田沼の二代目を葬り去った。これで、田沼意次もさぞ、困ったことであろう。大目付、誉めて遣わすぞ」

「これは、それがしの手柄ではありません。津軽藩江戸家老大道寺為丞殿の手柄にございます」

松平貞親は、後ろに控えている大道寺為丞を振り向いた。

「大道寺為丞、ようやった。誉めて遣わすぞ」

松平定信は優しく声をかけた。

「畏れ入ります」

大道寺為丞は畳に頭を擦り付け、恐縮した。

「大道寺為丞、して、どういう手立てを講じたのだ？」

「はい。陸奥エミシの土蜘蛛一族の手を借りました」

「ほう。アラハバキの安日皇子から、こちらに寝返ったエミシ一族だったな」

「さようにございます。至急に彼らを呼びまして、あの方の始末を依頼したのです」

「それで」

「土蜘蛛一族は、谺仙之助に族長の土雲亜門（つちぐもあもん）が殺された後、一人娘の八田媛が頭目になっております。その八田媛率いる女郎蜘蛛（じょろうぐも）組と、その配下の雲霧市衛門一党を呼び寄せたのでございます」

「ほほう。どういうことか？」

「田沼意知の女好きをうまく利用しようと」

「なるほど。で、どのように？」

「八田媛の配下の女郎蜘蛛が一人、殿中にいる番士たちの中から、女子に持てず、長い間、独り身を託（かこ）っておる男を誘惑し、その気にさせたのでござる」

松平定信はにやにやと笑った。

「それで？」

「その女郎蜘蛛は田沼意知も誑（たら）し込み、番士に泣きながら訴えたのでござる。意知に手籠（てご）めにされた、と」

松平貞親が、付け加えた。

「あとは、ことは転がる石のように一気呵成（いっきかせい）に進み、あのような事態に。城外では、どんな邪魔が入るか分からないので、城内の我らの目が届くところで、ことが起きるように仕組んだわけにございます」

「うむ」

「番士の佐野には、ほどほどにと申し付けておいたのでございます。相手に傷を負わせるだけで十分と。殿中での刃傷沙汰は、喧嘩両成敗でございます。双方とも、厳罰に処することが出来ます。だから、その後は、我々に任せろと申し付けておいたのですが」

「さようか」

「あやつ、好きだった女子を寝盗られたことに逆上し、相手に致命傷を与えてしまった。それは我らの誤算ではあったのですが、相手が死んでしまったら、もはや佐野も救いようがござらぬ。佐野は最期まで、相手が死んだとは思わず、約束が違う、それがしや目付に会わせろと喚いておったそうでござる」

松平貞親は頭を振った。

「哀れなやつだな。しかし、やってしまったことは致し方ない。その責任は取らねばならぬからな」

松平定信は脇息に腕を載せ、軀を預けた。

「これで、意次は倅を失い、少しは考えを改めるかのう」

「いえ。依然として、意次は強気にことを進めようとしているようです」

「なに、まだ、十三湊に全権大使を派遣するつもりか」

「さようでございます。予定通り、亡き意知の名代として、武田作之介を派遣するつもりだと聞いております」

松平貞親は苦々しくいった。

松平定信は顔をしかめた。

「大道寺為丞、おぬしの配下が武田作之介を田沼意次から引き離す算段をしておったはずだが、いかがいたした？」

「はい、ただいま、その算段の仕上げをするところでございます」

大道寺為丞が慌てて弁明した。

松平貞親が問い質した。

「その手立ては、うまくいっているのか？」

「はい。だいぶ、脅しが効いているかと」

「こちらも土蜘蛛一族がやっておるのか？」

「いえ。こちらは我が藩の忍び卍組の黒目にやらせております」

「卍組の黒目だと？」

松平定信が訝しげな顔をした。

「はい。黒目に在所から呼び寄せた赤目組の生き残りを合流させ、旋毛組を創って、武田作之介にあたらせております。赤目は寒九郎への復讐心に燃えており、ぜひ、寒九郎の親族武田作之介を血祭りに上げ、寒九郎を江戸に呼び戻させたいと意気込んでおります」

「出来るのか？　こちらも八田媛たちに任せたらいかがかのう」

松平定信は冷ややかに笑った。

大道寺為丞は、顔を強張らせていった。

「それがしは旋毛組にやらせます。こちらも、八田媛たちに頼んだら、我が藩の面目が立ちません」

松平貞親が松平定信にいった。

「殿、ここは、津軽藩江戸家老の大道寺為丞に任せましょう。誰がやるにせよ、武田作之介を津軽に行かせないことが肝心でござりましょう」

「そうだな。大道寺為丞、なんとしても、武田作之介を止めろ。場合によっては、殺してもよし」

「はい。畏まりました」

大道寺為丞は畳に頭を擦り付けて返事をした。

松平貞親は諭すように付け加えた。

「ただし、殿やそれがしの名が出ぬようにいたせ。分かっておるな」

「もちろんでございます」

大道寺為丞はひたすら畏れ入って、松平定信と松平貞親に頭を下げるのだった。

松平定信は、ふと思いついたようにいった。

「ところで、大道寺為丞、在所にいるおぬしの兄者、次席家老大道寺為秀に申し付けたこと、おぬしにも伝わっておるか？」

「は、お聞きしております。江上剛介のことでございますな」

「そうだ。いよいよ春になり、安日皇子が、夷島から動き出した。十三湊に移って来る。それにあわせて意次は全権大使を送ろうというのだろうが、そうはさせん。いよいよ江上剛介を使う時が来た。おぬしからも、兄者に、江上剛介を至急に十三湊に向かわせ、下命したことを果たせと申し伝えておけ」

「畏まりました」

大道寺為丞は、やや青ざめた顔で返答した。

松平貞親が松平定信に笑いかけた。

「殿、これで、津軽と江戸で、田沼意次退治をすれば、いよいよ、殿の天下でござるな」

「うむ。しかし、もう一人、厄介なのが家治だ。貞親、聞くところによると、あの堅(かた)

物が女子に手を付け、孕ませたと聞いたが、本当か？」

「はっ、噂話には聞いております。真偽のほどは分かりませぬが」

「もし、本当に家治に後継ぎの世子が出来ては厄介なことになる。当然のこと、意次がその世子の後見人として再び力を盛り返そうとするだろうからな」

「いかが、いたしましょうか？」

「もし、男の子だったら、可哀相だが始末せよ。もちろん、これも内密にだ」

「分かりました。真偽を調べた上で、然るべき手を打つようにいたします」

松平貞親はあたりに聞こえぬように、声をひそめていった。

庭から鶯の声が響いて来た。

「ほう。いい声じゃのう」

松平定信は、縁側の外に広がる庭に目を細めた。

三

岩木川は滔々と流れていた。津軽平野は春霞がかかっていた。

荷物を満載した川船は、流れに乗ってゆっくりと下って行く。客は江上剛介のほかに、行商人と僧侶が乗っているだけだ。

江上剛介は川船の舳先に立ち、前方に広がる十三湖の湖面を眺めていた。

弘前城下の大道寺為秀家を出立したのは、まだ夜が明けない早朝だった。郁恵には別れの挨拶もせずに、そっと屋敷を抜け出した。

いまごろ、きっと郁恵は江上剛介の突然の出立に嘆き悲しんでいることだろう。それで良かったのだ、と江上剛介は自身に言い聞かせていた。郁恵が悲しむ姿は見たくない。心も鈍る。

十三湊に行くのは、安日皇子と傅役の寒九郎の二人と戦い、二人を亡き者にするためだ。亡き者に出来なければ、生きて帰ることが出来るかどうかは分からない。もし、生きて帰れなければ、郁恵は誰かほかの良い男と巡り合い、自分のことを忘れて幸せになってほしい。

江上剛介は、心からそう願うのだった。

川船はやがて岩木川が十三湖に流れ込む河口の津に入った。ここから渡し船に乗り換える。

津の待合所には、数人の行商人と、一人の武家が船を待っていた。江上剛介も彼らの仲間に加えてもらった。

武家の男は紋付羽織に裁着袴姿で、頭にきちんと一文字笠を被っている。その身形から見て幕府の役人と見られた。従者として、年寄りの中間を一人連れていた。刀の柄はきちんと布袋で包んでいた。

落ち着いた物腰と、穏やかな立ち居振る舞いは、武芸の修練を積んだ者であることを窺わせた。

武家は江上剛介と目が合うと、軽く会釈をした。江上剛介も会釈を返したが、それ以上は互いに何の言葉も交わさなかった。

やがて川船よりも数倍大きな平底船が津に入って来た。乗り合いの渡し船だった。船の帆が急いで下ろされ、水夫たちが忙しく櫂と竿を操って、船は栈橋に横付けされた。舫い綱が投げられ、船は杭に繋ぎ止められた。

渡し船が栈橋に横付けになると、大勢の客たちが降りた。入れ替わって人夫たちが乗り込み、船の積み荷が下ろされた。それが終わると、今度は陸に用意されていた野菜や米などの食糧が人夫たちによって船に積まれる。それが終わると、いよいよ、乗客たちが栈橋と船縁に渡した板を渡り、船に乗り込んで行く。

やがて、舫い綱が外され、船の帆が上げられる。帆は南からの風を孕んで膨らんだ。漕ぎ手たちによって櫂が漕がれ、船は栈橋から出航した。風を受けた帆は船体をやや傾け、そのままの姿勢で船は湖面を滑るように走って行く。川を下る川船よりも、はるかに速い。

江上剛介は、舳先に立ち、遠くに聳え立つ岩木山に見とれた。岩木山は見る角度によって、刻々と新しい姿を見せる。

武家が、いつしか傍らに立つ気配があった。

「美しい山ですなあ。さすが津軽富士といわれるだけのことはある」

「さようでござるな」

江上剛介は武家に応えた。武家は津軽の言葉ではない。だが、どこかの訛りが混じっている。

「お役目で十三湊に御出でですかな」

武家はさり気なく、江上剛介に探りを入れて来た。

「はい。役目です」

江上剛介は素直に応えた。

「お若いのにお役目とはたいへんですな」

武家は江上剛介をまじまじと見ながらいった。

江上剛介は武家に返した。

「貴殿も、お役目でござろう？」

「さよう。出先の役所の役人がちゃんと働いておるか否かを見て回る役目でござる」

「巡回監察役でござるか？」

「ま、そのようなものでして、みんなから嫌われるお役目でしてな。貴殿は、どのようなお役目でござるか？」

「人捜しと申しましょうか。そんな類の役目でござる」

「ほほう。人を捜してどうなさるのですかな」

「……話し合いをします」

「話し合い？　どのような？」

「……それはいえませんな」

「あ、これは失礼いたした。初めてお会いした人に余計な詮索をしてしまいました。それがしのご無礼をお許しくだされい」

　武家はすまなそうに詫びた。江上剛介も、これ以上話をしたくなかったので、笑ってごまかした。

「どうぞ、お気になさらないでください」

「では、失礼」

武家は一文字笠の縁に手をかけ、会釈をした。それから従者の中間の方に歩み寄った。何事かを中間と話しはじめた。

江上剛介は、ひとり佇み、船の行く手を眺めた。正面に明るい陽光を浴びた十三湊の街が見えた。

沖待ちしている千石船や廻船が何隻も見える。その廻船の群れに混じり、一隻だけ図体の大きな異国船が停泊しているのが見えた。

異国船は三本柱の帆掛け船で、隣の千石船の倍はある。帆柱の先には、白青赤の横三色旗がはためいていた。

いつしか、武家の男は、長い筒のような遠眼鏡を目にあてて、異国船を観察していた。

傍らにいる中間の年寄りに何事かをいうと、中間の年寄りはそれを筆で帳面に書き付けていた。

何を書き付けているのか、江上剛介は覗いて見たい気もしたが、余計な詮索をされるのも嫌だと思い、さり気なく無視した。

そうこうするうちに、渡し船は巨大な異国船の脇を通り抜け、十三湊の栈橋に向かって行った。

異国船の船縁には、毛むくじゃらな顔の男たちが、手持ち無沙汰な様子で寄り掛かって、通りかかる渡し船を興味深そうに眺めていた。なかには、大きな奇声を発して江上剛介や武家の男をからかう者もいた。

江上剛介は毛唐たちを無視し、やりすごした。

十三湊は異国との出入り湊なのだ、と江上剛介は実感した。我が国も千石船程度の船ではなく、威風堂々とした異国船のような大きな船を持たねば異国には対抗出来ないのではないか、と思うのだった。

四

どこかで鶏が高らかに時を告げた。それを合図に、あちらこちらで鶏の鳴く声が聞こえて来る。

まだ夜は明けていないが、鳥たちが騒ぎ出している。

波が浜辺に打ち寄せる潮騒が聞こえる。

寒九郎は寝床に仰向けになったまま、天井を見つめた。

レラ姫には気にしないといっていたが、寒九郎は先日の口寄せをするイタコの老婆の声が耳に残っていて消えなかった。あれは、老婆の声ではなかった。どう考えても母菊恵の声だった。

「寒九郎、あなたは江戸へ、すぐに帰りなさい。由比進の家族にも災禍が迫っています。あなたが帰らねば、早苗も死にましょう」

その前には、男の声が安日皇子にいった。

「安日皇子よ。直ちにここを立ち去れ。さもないと、おぬし、死ぬぞ。夷島に戻るのだ」

安日皇子は、あれは父上の声だ、冥界の父上が警告している、と叫んだ。

安日皇子は、父上からの警告を受け、側近の安藤真人や安倍龍之輔と協議をしている。

安藤真人は、警告を真に受け、即刻夷島に帰ろうと主張している。

一方、安倍龍之輔は、イタコが何を恐れて警告したのか分からぬと、あまりイタコを信じていなかった。安倍龍之輔は、いまや幕府は敵ではない、味方だといって、誰が安日皇子の命を狙うのか、と楽観していた。

安倍龍之輔は、夷島に戻るにせよ、すぐにではなく、十三湊にアラハバキ皇国の政庁を建設してからにすべきだと主張していた。

寒九郎は、そんな論議の中、一人江戸に戻るべきか否か、煩悶していた。

名無しの権兵衛が現われてくれないか、と心の中で祈った。権兵衛なら、何かいい解決策を教えてくれるのではないか。少なくとも、悩む寒九郎の背を押してくれる、そう思うのだった。

なぜ、現われてくれぬ？　やはり権兵衛は、もうそれがしを見離したのか？

いまなら、それがしでも己れの物語が出来そうな気がした。それを権兵衛に語って聞かせたい。

「寒九郎、何を悩んでいるのだ？」

暗がりの中から、レラ姫の声が聞こえた。

「レラ、起きていたのか？」

「わたしも眠れなかった」

レラ姫は暗がりをもぞもぞと這い、するりと寒九郎の布団に入って来た。レラ姫の温かい軀が寒九郎の傍らに寄り添った。

「寒九郎、抱いて」

「…………」

寒九郎は黙ってレラ姫の軀を抱き寄せた。

レラ姫の軀は熱く火照(ほて)っていた。

「江戸へ帰りたいのでしょう」

「それがしは、江戸へは帰らぬ。あんなイタコの警告は信じない。レラを残しては帰らない」

「うれしい」

レラ姫は寒九郎の胸に顔を押しつけた。

「でも、あのイタコの声は、婆(ばば)の声ではなかった。明らかにあの婆よりも若い女の声だった。あれはお母さまの声だったのでは？」

「レラ、おぬしにも、そう聞こえたのか？」

「そう聞こえた。あれは冥界におられる、あなたのお母さまの声だと思う」

「だが、信じられない。もういうな。帰らないと決めたのだから帰らぬ」

「前にも訊いたことがあるけど、早苗叔母様は、お母様とよく似ているのでしょう？」

「うむ。似ている」

「顔も体付きも性格も、早苗様はお母さまそっくりだといっていた。まるで生き写しだって」

「もういうな」

「わたし、早苗様にお会いしたい。寒九郎のお母様って、どんな人だったのか、知りたいの」

「それがしも、レラに早苗様を一目でも会わせたいと思っている」

「由比進は、従兄弟(いとこ)なのでしょ？」

「うむ。従兄だ。それがしよりも、一つ年が上だ」

「まるで兄弟のように仲がいいのでしょ？」

「うむ」

「次男の元次郎は、生意気だけど、本当の弟のようなのでしょう？」

「うむ。兄弟のいない、それがしは、由比進も元次郎も本当の兄弟のように思っている」

「作之介様は、血は繋がっていないけど、お父様のようなのでしょう？」

「叔父の作之介様には、我が子のように可愛がってもらっていた」

「寒九郎、江戸へ帰ったら？」

レラは寒九郎の胸に頬を寄せながらいった。

「いや、帰らぬ。レラにそう約束した」

「でも、イタコの口寄せで、出て来たお母様は、寒九郎が江戸に帰らぬと、武田作之介家に災いが降りかかるといった。お母様そっくりの早苗様も死ぬ、とおっしゃった。それでもいいの？」

寒九郎は言葉に詰まった。いいはずはない。だが、本当にイタコの警告は信じられるのか？　もし、イタコの口寄せが、本当に母菊恵の警告だったら、武田家は災禍を受ける。

それがしは、どうしたらいいのか？

レラが不意に寒九郎の胸から顔を上げた。暗がりにレラの大きな眸が光った。

「寒九郎、私に内緒にしていることがあるでしょ？」

「内緒にしていることなんかない」

「嘘つかないで。私、知っている。寒九郎は江戸に将来を約束した女子がいる」

寒九郎は図星を指され、躯を硬直させた。

「それは……」

「誤魔化さないで。これは何？」

レラは手に握った物を寒九郎に突き付けた。

幸から貰った、赤い玉が付いただけの素朴な簪だった。寒九郎ははっとした。このところ、どこでなくしたのかと気になって探していた簪だった。

「あなた、これをいつも胸に抱いていた。その女子だと思って大事にしていたのでしょう」

レラは簪の鋭く尖った部分を、ぴたりと寒九郎の喉元にあてていた。手に力を入れれば、簪が喉元に突き刺さる。

レラは本気だと、寒九郎は思った。寒九郎の答次第では、簪を突き刺すつもりなのだ。寒九郎は、刺されても止むを得ないと覚悟した。

「名前はお幸というのでしょ？」

「どうして、名前まで」

「寒九郎、あなたは怪我で伏せっていた時、熱に浮かされ、譫言で何度もお幸の名をいっていた。ある時は、私を間違ってお幸と呼んだ。覚えていないの？」

「覚えていない」

寒九郎はごくりと喉を鳴らして唾を飲み込んだ。

「寒九郎、あなたは、どっちを選ぶの？　お幸、それとも、私？」

名無しの権兵衛から聞いたお伽話を思い出していた。話の中の若侍も、女子に短刀を喉元に突き付けられ、相手か自分かと、女子から迫られた。

「答次第では、私は死ぬ」

レラは簪の先を自分の喉許に振り向けた。

寒九郎は切羽詰まった。何と答えたらいいのか？

「待て。早まるな。止せ。それがしは、レラ、おぬしを選ぶ。レラなしには生きていけぬ。本当だ」

「嘘つき」レラの眸がきらりと光った。

「嘘ではない。だから、それがし、江戸には帰らない。おぬしとともにいる」

寒九郎は、覚悟した。ここでレラを死なせるわけにはいかない。

「レラ、おぬしが死ぬ時は、それがしも死ぬ。嘘ではない」

寒九郎は権兵衛が語ったお伽話の若侍のように、愛した女子を殺すことはできない。死ぬなら、一緒におれも死ぬ。それしか道はない。お伽話とは違うのだ。

「分かった。寒九郎、江戸へ帰りなさい。私は寒九郎を引き止めない」

「どうして？」

「あなたは、私だけでなく、自分にも嘘をついている。江戸に帰らねば、早苗様は死ぬかも知れない。万が一、あなたが帰らず、その結果、早苗様が死に、武田家が災禍に見舞われたら、あなたは後悔で生きていけなくなる。引き止めた私は、さらに罪悪感に苛まれる。そんなのは嫌よ。あなたは江戸に帰って」

「レラ、それがしと一緒に江戸へ行かぬか」

「私は江戸へは行かない」

「どうして？」

「お母様似の早苗様にはお会いしたいけど、お幸には会いたくない。あなたをお幸に盗られるくらいなら、あなたを殺す」

「レラ」

「あなたを殺して、私も死ぬ」

レラは暗がりの中で寝巻の袖を目元にあてた。次第にあたりが明るくなって来る。

「だから、私はお幸のいる江戸には行かない。行きたくない」

「レラ、それがしは、おぬしを選ぶ。おぬしと添い遂げる」

「口ばっかり。お幸に迫られたら、きっと同じ台詞を吐くでしょうよ」

「そんなことはない。それがしは決めた。おぬしを選んだのだ。嘘ではない」

「こんなことを迫るなんて、私はなんて嫌な女なのでしょう。分かったわ」

レラは布団の上に座り直した。

「寒九郎、江戸へ帰りなさい。私は我慢します。江戸へ帰ったら、早苗様や武田家の方々を助けてあげて」

「レラ……」

「そして、いいこと。お幸とちゃんと話し合って。私を捨て、お幸と添い遂げるもよし。お幸に、私を選んだといい、婚約を解消するもよし。あなたの決心次第です。いってておきますけど、お幸も私も両方を幸せにするなんて甘い考えはなしですよ。どっちかが不幸になるのだから。私は不幸になっても平気です。覚悟しています」

「レラ、それがしは、江戸へ帰っても、必ずレラの許に帰って来る。約束する。アラハバキのカムイに誓う。それがしを信じてくれ」

寒九郎はレラの手を握り、引き寄せた。レラは寒九郎の胸に崩れ落ちた。寒九郎はレラをしっかりと抱いた。

レラは寒九郎の腕の中から身を捩って逃れた。

「やめて、寒九郎。私、あなたを江戸に帰したくなくなるから」

「レラ、それがしは……」

「いいから、江戸へ帰りなさい。私が恋しかったら、私の胸に戻って。それまで、私は我慢して、待っています」

「レラ、ありがとう」

寒九郎はレラに頭を垂れた。

レラは袖で顔を覆いながら立ち上がった。そのまま、レラは何もいわず、廊下に走り出た。足音が安日皇子の部屋に消えた。

寒九郎は両肩を落とし、レラの悲しみを胸に受け止めていた。

五

江上剛介は、十三湊町の外れの安旅籠に投宿し、三日間にわたり、賑わう街中をうろついた。

安日皇子たち一行が投宿しているのは、街一番の廻船宿丸亀だと分かった。江上剛介は毎日、釣り道具を持って街をうろつき回った。

安日皇子が出歩く時を狙うつもりだった。だが、安日皇子の警護は厳重を極め、なかなか隙を見付けることが出来ない。

何度か、安日皇子の出歩く姿を目にしていると、常時傅役として双子の辰寅兄弟がいるのが分かった。調べると、辰之臣は北辰一刀流、寅之臣は柳生新陰流といった剣術遣いだった。

護衛の中に寒九郎の姿がないことが気になった。寒九郎は丸亀に常時滞在しているのか？

宿の番頭の話では、寒九郎は安日皇子の娘であるレラ姫と同じ部屋に寝泊まりしていると分かった。事実上、ふたりは夫婦であるらしい。レラ姫も、寒九郎の真正谺一刀流を身に付けており、かなり手強いと分かった。

「どうですかな。人探しは、うまくいきましたかな」

江上剛介が街の通りの茶屋で休んで、煙管の煙草を吸っていると、突然、後ろから声がかかった。十三湊への渡し船で一緒だったサムライだった。

サムライは旅姿ではなく、着流しに黒の羽織を着た格好で、見るからに町方奉行所の同心のように見えた。従者の年寄りは十手持ちの岡っ引き姿だった。

「いや、まだ見つかっておらぬのです」

「そうですか。なんなら、お手伝いしましょうか？　江上剛介様」

サムライはにやりと笑った。

江上剛介ははっとして飛び退き、刀に手をかけた。

「どうして、おぬしは、それがしの名を存じておるのか？」

「お待ちくだされ、江上様。それがしたちはお味方でございます」

「味方だと？」

「少し、お耳を拝借いたす」

サムライは江上の耳許で囁いた。

「我らは大目付松平貞親様の配下の者。はるばる江戸から、江上様のご支援に参った者にございます」

サムライは、川下左衛門と名乗った。従者の中間は、久平。

「それがし、おぬしらの支援はいらぬ。何かの誤解だ」

「我らを信用出来ないことは分かっております。これをお渡ししておきましょう」

川下左衛門は懐から四折りにした懐紙を取り出し、素早く江上の手に握らせた。

「それがしたちは、幕府役人の本宿碇やに泊まって居ります。お調べになりたいことがあったら、碇やにお越しください。では、失礼」

川下左衛門と久平は連れ立って、雑踏の中に姿を消した。

江上は四折りの懐紙を開いた。そこには、丸亀屋の二階の間取りの見取り図が墨で描いてあった。

三つ並んだ部屋の真ん中に、バツ印があり、隅に安日皇子と印されてある。

江上は懐紙を四折りに畳み、懐に仕舞い込んだ。

六

海原は青々として遠くまで広がっていた。

鳥越信之介は、十二湖湊から出航して行った廻船を見送った。船上には、大柄な灘仁衛門と小柄な御新造の香奈の姿が見えた。二人ともまだ手を振っている。

灘仁衛門は、鳥越信之介の説得で、ようやく寒九郎を討つことを諦め、追い浜にいるはずの家族を捜しに行くことを決心した。

御新造の香奈が真剣になって、仁衛門に生きているかも知れない両親兄弟姉妹を捜すよう説得したことも、仁衛門の心を揺り動かした。お腹の中にいる赤ん坊のためにも、仁衛門の両親に報告したい、そういう香奈の気持ちが仁衛門に決心させたのだった。

「鳥越様、江戸から急の知らせが来ました」

半蔵が懐に伝書鳩を収めながら、鳩の足に付けてあった信書を鳥越に手渡した。

鳥越は小さく丸まった信書を広げた。

『意知死す。至急江戸へ戻られたし　意次

鳥越信之介殿』

意次の名に直筆の署名が入っていた。

「なに、田沼意知殿が亡くなった？　どういうことなのだ」

半蔵はうなずいた。

「はい。何か、とんでもない非常事態が起こっているようです。鳥越信之介様だけでなく、我ら公儀隠密たちも江戸に至急戻るよう命じられております」

「さようか」

「鳥越様は、どうなさいます？」

「陸路になさいますか？　それとも、海路になさるか？」

海路がいいと鳥越信之介は思った。

廻船で下越（しもえつ）に上がり、そこから陸路、馬を飛ばして中仙道（なかせんどう）に出て、江戸に向かう道中だ。

「分かりました。それがしは、陸路で、一足先に江戸に参ります」

半蔵はうなずいた。忍者は、一日二十里も走ることが出来る。

「うむ。気をつけて」

「鳥越様もお気を付けください」

半蔵は膝立ちの姿勢になり、鳥越信之介に一礼した。すぐに身を翻し、木々の葉の間に身を隠した。しばらくすると、半蔵の気配は消えた。

鳥越信之介は、湊の番小屋を訪ねた。番方に上方(かみがた)に上る船便について尋ねた。

番方は帳簿を調べ、今日の夕方か、明朝に一隻十二湖の津に入港する予定だと答えた。

鳥越信之介は、気は焦るが、どんなに急いでも、三日はかかると思った。

いったい、江戸では、何が起こっているのか？

鳥越信之介は腕組みをし、天空の一角を睨んだ。

空には鳶(とび)が一羽、悠然と輪を描いて飛んでいた。

七

下城の太鼓が城内に轟いていた。

太鼓の音が止むとともに、城内から裃(かみしも)を付けた侍たちがぞろぞろと出て来る。みな、互いに労い合い、賑やかに談笑しながら家路を急いでいる。

吉住大吾郎は、供侍控え所の床几(しょうぎ)に座り、若党頭の父敬之助からの声がかかるのを、いまかいまかと待ち受けていた。

顔見知りになった他家の供侍たちが、主人に呼ばれて、つぎつぎに出て行く。

松の枝が風に揺れていた。冷たい雨雫(あましずく)が大吾郎の頬にあたった。

雨が降ってきたか。

大吾郎は空を見上げた。雲行きが怪しかった。松の枝についた葉の間から、どんよりとした雨雲が覗いている。

いまは降っているのか降っていないのか分からないような小雨だが、これから本降りになる気配がしている。

大吾郎は雨合羽(あまがっぱ)を身に付けた。

若党頭の敬之助が玄関先に姿を現わした。

大吾郎は床几から立ち、大股で玄関先に急いだ。

「殿は、まもなく御出でになられる」

「はい。これを」

大吾郎は己れが着ていた雨合羽を脱いで、父に渡そうとした。

「いらぬ。襲われた時に咄嗟の動きが出来ぬではないか」

「はいっ」

大吾郎は合羽を押し返された。

「それに殿が合羽をお付けにならないのに、供侍が付けてはおかしいだろう」

敬之助は腹立たしげにいった。

その間にも、旗本たちが待ち受けた家来たちに迎えられ、つぎつぎに下城して行く。ほとんどの旗本たちが家来衆が用意した雨合羽を被っている。

大吾郎は敬之助とともに、玄関先の土間に控えて、殿の帰りを待った。

雨足は強くなり、あたりは薄暗くなっていく。

ほとんどの旗本たちが御家来衆と一緒に下城した後、敬之助と大吾郎の二人だけが、玄関先に残されていた。

大吾郎はついぼやいた。

「殿は、だいぶお忙しいご様子ですね」

「大吾郎、供侍の分際で何を文句をいうのだ。供侍はひたすら殿をお待ちする。殿がお帰りにならなければ、たとえ夜中になろうが、殿をお出迎えするのが仕事だ。忠犬のようにな」

「はい」

大吾郎は、敬之助の小言(こごと)をありがたく頂戴した。分かっているつもりだが、やはり忠犬のように待つのは難しい。

　ようやく控えの間に動きがあった。若侍の熊谷主水介と陣内長衛門の姿が見えた。

「大吾郎、馬を引け」

「はいっ」

　大吾郎は素早く立ち上がり、雨合羽を被ると外に出た。厩へ走った。厩では口取りの中間が仲間と談笑していた。

「馬引け」

　大吾郎は口取りに叫んだ。中間は飛び上がり、急いで厩に入った。すぐに一頭の栗毛の馬を引き出して来た。

「急げ」

　大吾郎は口取りにそういい、玄関に取って返した。

　雨がひどくなっていた。

　玄関先には、すでに殿の武田作之介が帰り支度をしていた。若党頭の敬之助が、殿の背に雨合羽をかけていた。

「殿、この季節、雨に濡れてはお体に障ります」

「うむ。若党頭、おぬしもな」

「それがしは、このくらいの雨など」

「無理を申すな。それがしよりも、おぬしの方がだいぶ年上。おぬしが雨合羽を着ないなら、それがしも着ない」

「殿、そんなことをおっしゃいますな」

敬之助は困った顔になった。

「父上、それがしの合羽を」

大吾郎は笑いながら、さっと合羽を脱ぎ、敬之助の背に被せた。

「若党頭、老いては子に従えと申すではないか」

「それがしだけが……」

敬之助はあたりを見回した。

若侍の熊谷も陣内も、すでに雨合羽を着込み、一文字笠を着けている。

「分かりました」

敬之助は渋々と雨合羽を被った。

馬が引かれて来た。

玄関の外には槍持ちと挟み箱持ちの中間たちも控えていた。

「大吾郎、これを」

陣内がぼそっといい、余分に用意していた雨合羽を差し出した。

「かたじけない」

大吾郎は有り難く受け取り、手早く雨合羽を肩に掛けた。みなと同様、一文字笠を被った。

「では、参ろう」

作之介も、黒い塗一文字笠を被り、愛馬イカズチに跨（また）がった。

「おのおの方、ご用意を」

熊谷主水介が、刀の柄を包んでいた布袋をさっと取り除いた。陣内も敬之助も布袋を取り払った。

大吾郎は大刀の柄を叩いた。初めから布袋を掛けていない。

熊谷は、うむ、とうなずいた。

このところ、登下城の際は刺客の不意打ちに備えて布袋を取り外していた。

「では、出立いたす」

先頭を切って若侍の熊谷主水介が雨の中に足を踏み出した。

続いて陣内、そして、口取りに引かれた作之介を乗せた馬が行く。

馬上の作之介の左側に若党頭の敬之助、右側を供侍の大吾郎が行く。最後尾に槍持ちと挟み箱持ちが続く。

一行が坂下門を出た時には、土砂降りの雨になっていた。

大吾郎は、たちまち裁着袴が濡れ、草鞋(わらじ)が泥まみれになるのを感じた。砂利道でも、濡れた草鞋は足場が悪くなる。

一行は無言のまま、土砂降りの雨の中を黙々と進んで行く。

大吾郎は、通りの右側を警戒しながら、歩を進めた。

ふと寒九郎を思った。

いまごろ、寒九郎はいずこにいるのか。寒九郎に伝えねばならぬ重大な話があった。果たして寒九郎は冷静に聞いてくれるだろうか、と不安に思った。

寒九郎が江戸に戻って来たら、どうしてもお幸と会いたいというだろう。そのお幸が、先月家に里帰りし、大吾郎や母のおくにに重大な話を打ち明けた。泣きながら、お幸は、将軍様のお手がついたというのである。

おくにも大吾郎も、言葉がなかった。母はおろおろして、武田家の早苗様に相談に行った。早苗様も衝撃を受けた様子だったが、母よりは冷静だった。

ともあれ、寒九郎が戻ったら、正直に話をし、婚約を解消するかどうかを話し合おうとなった。

その後、あろうことかお幸が懐妊していることが分かった。

御上には正室がいる。だが、お世継の男の子がいない。お幸のお腹の子が、男の子なのか、女子なのかは、生まれてみないことには分からない。

いずれにせよ、御上はお幸に思い入れが深く、すぐにでもお幸を側室に上げたいと、作之介様にいって来た。一応、寒九郎と正式に夫婦になるための段取りとして、お幸は武田家の養女となることになっていた。

御上は、武家奉公人の娘ではなく、直参旗本の息女として、お幸を迎えたいという意向なのだ。

寒九郎に話をしたら、寒九郎はたとえ相手が御上であろうと、お幸に手をつけたことに烈火のごとく怒るだろうな、と思った。下手をすると、御上を斬りかねない。

弱ったことになった、と大吾郎はため息をついた。

そもそもは、花嫁修業の行儀見習いとして、奥にあがったのが間違いの元だった。身分不相応な奥などにあがらず、普通の武家奉公人の娘として暮らしていれば、寒九郎とも幸せになれたのに。

「おのおの方、待ち伏せにござる」

雨中に熊谷の声が響いた。

大吾郎ははっとして身構えた。

前に黒装束が抜刀して、ずらりと並んでいた。左右には、高い築地塀がある。背後をちらりと見ると、後ろにも黒装束たちが抜刀して退路を塞いでいる。

「供侍は殿をお守りしろ。陣内殿は、後ろを頼む」

熊谷は一文字笠を脱ぎ、宙に放った。雨合羽をはらりと脱いだ。すでに下緒で襷を掛けていた。大刀をすらりと抜いた。

陣内も一文字笠を放り投げ、雨合羽を脱ぎ捨て、後ろに小走りに走った。陣内も下緒で襷掛けをしていた。

大吾郎も一文字笠を放り投げ、雨合羽をはらりと脱ぎ捨てた。大刀の柄に手をかけた。

「大吾郎、おぬしは後ろ。陣内殿に加勢しろ。わしは殿をお守りする」

敬之助の怒声が聞こえた。敬之助も一文字笠を放り、雨合羽を脱ぎ払った。

「合点承知」

大吾郎は怒鳴り、身を返して、陣内の加勢に向かった。

前後から喊声(かんせい)があがった。雨中を黒装束たちが駆けて来る。たちまち熊谷が刀を振るい、先頭の黒装束を薙ぎ倒す。

　敬之助も抜刀して、殿の馬に付き添った。口取りが暴れる馬を必死に押さえていた。

　背後から迫る黒装束たちは、陣内が迎え撃ち斬り払っている。

　大吾郎も陣内に助勢し、黒装束たちと斬り結んだ。

「槍を持て！」

　馬上の作之介が怒鳴り、後ろを見た。槍持ちが馬に駆け寄り、槍を作之介に差し出した。

　いきなり、風を切って何かが飛翔した。続け様に二つ。

「殿、危ない」

　敬之助が刀で矢を斬り払った。

「おのれ、卑怯な」

　一の矢は作之介を射抜いた。作之介は槍を持ったまま、馬の鞍からずり落ちそうになっていた。

「殿」

　敬之助が作之介の軀を支え、矢の盾になった。三の矢、四の矢が続け様に飛び、敬之助の背に命中した。

「敬之助、おぬし……」

作之介の声が上がった。

大吾郎は振り向いた。

作之介は槍の鐺を地面について、辛うじて落馬しないように鞍にしがみついている。

敬之助の軀は地べたに崩れ落ちていた。雨に血潮が流れている。

「挟み箱で殿をお守りしろ」

大吾郎は挟み箱持ちの中間に怒鳴った。中間は作之介に駆け寄り、挟み箱で作之介の軀を隠した。五の矢、六の矢が音を立てて、挟み箱に命中した。

大吾郎は矢の飛んで来る方角に目をやった。

後方の黒装束たちの背後で、大弓を構える人影があった。

「おのれ」

大吾郎は目の前の黒装束たちを刀で薙ぎ払い、弓手たちに突進した。

弓手の一人が突進する大吾郎に弓矢を構えた。弦の弾ける音が聞こえた。

大吾郎は一瞬、目で矢の方角を見定め、刀で払い上げた。矢が弾け飛んだ。

弓手は乙矢を番えた。大吾郎は大刀を構えて弓手の前に飛び出た。弓手が一瞬たじろいだ。大吾郎は大刀で弓手を斬った。

もう一人の弓手は、腰の脇差を抜き、大吾郎に斬りかかった。大吾郎は身を沈め、大刀で弓手の胴を斬り払った。弓の弦もすっぱりと切れるのが見えた。

挟み箱持ちと槍持ちが作之介と敬之助を背に庇い、脇差を抜いていた。

陣内は大刀を地面に突き、荒い息をついていた。腕や胴を斬られ、血に染まっている。足許に三、四人の黒装束が倒れて呻いていた。周囲にはまだ黒装束たちが何人か残っていた。

「拙者がお相手いたす」

大吾郎は陣内の前に進み出て、黒装束たちに怒鳴った。

気合いもろとも、二人が大吾郎に斬りかかった。大吾郎は斬り込んできた相手を、一人は横に払い、もう一人は真っ向から斬り下ろした。二人はよろけて大吾郎の前に倒れた。

「まだ参るか。かかって来い」

残った黒装束たちは大吾郎の登場に完全に怖気(おじけ)づいていた。

黒装束たちは、倒れた仲間を背負ったり、肩を貸して退いて行った。

熊谷主水介を見た。熊谷も手傷を負ったらしく、動きが鈍くなっていた。まだ、三人を相手にしている。足許には五、六人の黒装束たちが倒れたり、蹲(うずくま)っている。

「熊谷様、御加勢いたす」

大吾郎は突進し、熊谷の前に躍り出た。

「かたじけない」

二人が左右から大吾郎に斬りかかった。大吾郎は飛び上がり、一人を左に払い、もう一人を上段から斬り下ろした。残る一人に、大吾郎は飛びかかり、襟首を摑んで、大刀を首にあてた。

「おぬしら、何者だ？　名を名乗れ」

「…………」

黒装束の男は押し黙った。

「いわねば、死ぬ。いいのだな」

「卍組黒目旋毛組」

「津軽藩の忍びか」

黒装束は頭を上下に振ってうなずいた。

「誰の命令で、わしらを襲う」

「…………」

「いえ。いえば、生かして帰してやる」

「江戸家老大道寺為丞様」

「よし。逃がしてやる」

大吾郎は黒装束の男を摑む手を離した。

途端に倒れていた黒装束の一人が立ち上がり、刀を黒装束の男に突き刺した。

「お頭」

「裏切り者は許さぬ」

頭の黒装束は呻いた。

大吾郎は走り寄り、頭を捕まえた。

「おぬし、頭か。名を名乗れ」

頭は胸から血を流していた。かなりの深手に見えた。

「……田沼の犬め、ほざけ。おぬしらには天誅が下ろう」

頭は、それだけいうと、口から夥しい血を流して喘いだ。舌を嚙み切っていた。

「下郎め。おまえこそ許さぬ」

大吾郎は大刀を振るい、頭の首を刎ねた。黒覆面をつけたままの頭が地面に転がった。

「大吾郎、殿と敬之助殿を」

熊谷は刀を地面に突き刺し、軀を支えながら、怒鳴った。

大吾郎はあたりを見回した。生き残った黒装束たちは急いで引き上げて行く。

大吾郎は急いで馬の許に駆け戻った。

中間たちは、瀕死の作之介を馬の背に押し上げた。

「早く、殿を屋敷に運べ」

大吾郎は中間たちに命じた。中間たちは馬を引き、急いで引き上げはじめた。

熊谷が足を引きずりながら、作之介に付き添った。

陣内が敬之助を抱き起こして介抱していた。

「父上」

大吾郎は血の気がない敬之助に駆け寄った。

陣内に代わって敬之助を抱き起こした。

「大吾郎、お殿様は、ご無事か？」

「はい。傷は負っていますが、ご無事です。いま、屋敷にお運びいたしております」

「……よかった。おぬしの奮迅見ておったぞ」

敬之助は口から血を流している。矢尻が胸と腹から出ていた。一目見て、助からぬと大吾郎は思った。

「……大、おくにのこと、頼む」

敬之助は、それだけいうと、喉をごろごろと鳴らし、首をがっくりと垂れた。

「父上、ご苦労様でござった」

大吾郎は敬之助の頭を抱き締めた。なぜか、涙は出なかった。悲しいとも思えなかった。

また土砂降りの雨が、敬之助を抱いた大吾郎の軀に降り注いだ。

八

慌ただしく廊下に足音が響いた。

襖越しに物頭の峰岸慎之介の声が響いた。

「御家老様、御家老様、たいへんでございます」

書院の間で寛いでいた大道寺為丞は、書見台に掛けた太平記から目を上げた。

「騒がしい。なにごとだ」

「失礼いたします」

襖ががらりと開いた。燭台の蠟燭の炎が、大きく揺らめいた。廊下に座った物頭の峰岸の赤ら顔が悪鬼のように光に映えた。

「御家老様、えらいことです」

「入れ」

「はっ」

峰岸は書院に膝を進めて入り、振り向いて襖を静かに閉めた。

「いったい、こんな夜に何事だ？」

「先程、門前に生首が晒されておりました」

「何い？　生首だと？　誰の」

「はっ、それが黒目組頭の黒衛門の首でございます」

「なんだと。どうして黒衛門の首が」

「首には、この書状が添えてありました」

峰岸は携えていた書状を大道寺為丞に差し出した。

雨と血に濡れた書状だった。

大道寺為丞は顔をしかめ、書状を受け取らず、汚らわしいものを見るようにいった。

「何と書いてあるのだ？」

「はい。それが……」

峰岸は、いっていいものかどうか迷って口籠もった。

「申してみよ。構わぬ」

「はっ。では、失礼いたします」

峰岸は血染めの書状を恐る恐る開いた。

「津軽藩江戸家老大道寺為丞殿。今回、貴殿の命により、津軽藩卍組の黒目旋毛組が、我が主君武田作之介様を襲い、命を奪おうとなさったこと、黒目の一人が白状し仕り候ゆえ、黒目組首領の首をお届けいたす。是非に御首をお受け取りいただきたく候。この不始末につき、貴藩にはいかに責任を取っていただくか……」

「もういい。まずいな。まずいことになったな」

大道寺為丞は立ち上がり、書院の間を行ったり来たりしはじめた。

「峰岸、首は本当に黒衛門の首だったのか？」

「はい。検分しましたところ、間違いなく黒衛門のものと判明いたしました」

「では、首尾はうまくいかなかったのだな」

「おそらく。まだ報告がありません」

「なんだと？　戻った者はいるのだろう？」

「はい。いるにはいるのですが」

峰岸は顔をしかめた。

「黒衛門以外の者たちは、いかがいたしたのだ？」

「これまで、何人かが下屋敷に戻ったとの報告がございました」

「何人かがだと？　いったい、何人が戻ったのだ？」

「生きて戻った者は、これまでのところ八人でござる。いずれも、かなりの手傷を負っております」

「戻ったのは、たったの八人か？　旋毛組は、赤目も加わって、もっと大勢いたはずだろう？　あとの組員はいかがいたしたのだ？」

「は、はい。総勢二十四名でござった」

「で、相手は？」

「武田作之介のほか、護衛の侍が四人、中間小者三人だったとのことです」

「ううむ。護衛の侍は、腕が立つとは聞いていたが、黒目は侮ったな。で肝心の作之介は？」

「物見によれば、弓手が武田作之介を射落とし、深手を負わせたものの、止めを刺すことが出来なかったとのこと。傷を負った作之介は護衛たちに屋敷へ運ばれたとのことでござる」

「ううむ。失敗したか」

「しかし、深手を負わせたので、まだ失敗したとは限りません」

「至急、細作に探らせろ」

「はっ。さっそくに」

「八人以外の者たちを現場に放置しておけぬ。手の者を出して生き残っている怪我人、遺体をすべて収容しろ。我が藩の者がやったという証拠を残すな」

「心得ております。いま、上屋敷、下屋敷双方から、処理の者を現場に出し、生き残りの者や遺体を収容させております」

「黒目が失敗したとなると、致し方ない。鉤手を使うしかないな」

「さようでございますな」

「八田媛を呼べ」

「は、ただいま。呼んで参ります」

峰岸が書院から膝行して出ようとした。

「物頭殿、それには及びません」

襖の向こうから女の声が響いた。

峰岸が襖を引き開けた。

廊下の暗がりに、白無垢(しろむく)姿の八田媛が座っていた。

「八田媛、いつの間に、そこに」

「先刻から、お二人のお話、聞いておりました」

八田媛は膝行し、静かに書院に入って来た。

「御家老様、だから、以前に申し上げたのです。武田作之介は、私たちにやらせてほしい、と」

八田媛は美しい顔を大道寺為丞に向け、にこやかに笑った。

九

夜明けまでに降り頻った雨は上がっていた。

寒九郎と草間大介は、楓と疾風を駆けに駆けさせ、ようやく武田家の門前に到着した。

門扉はまだぴたりと閉まっていた。

寒九郎は馬から飛び降り、通用口の戸を叩いた。

「開門、開門。寒九郎にござる」

草間大介も下馬し、楓と疾風の手綱を取り、荒い息をする馬たちを宥めていた。

「寒九郎様だ」「寒九郎様が帰って来た」

門の中から門番たちが口々に話す声が聞こえた。

門番たちは慌てて門扉を開けた。

開門と同時に、寒九郎は邸内に走り込み、玄関先に立った。

「寒九郎、ただいま戻りました」

寒九郎は大声で玄関先で叫んだ。

草間大介は疾風と楓の手綱を門番たちに手渡した。門番たちは馬たちを宥めながら、厩の方に連れて行く。

奥の方で返事があった。早苗とおくに、女中のおさきがあたふたと着物の裾を乱して廊下を駆けて来た。

「ただいま帰りました」

寒九郎は立ったまま頭を下げた。

「寒九郎、よくぞ、ご無事でお帰りになられた」

早苗は式台に正座すると袖で目を覆った。

おさきは目を赤くし、頭を下げた。

「寒九郎様、お帰りなさいませ」

「お帰りなさい」

おくにも式台に座ると同様に涙ぐんだ。

叔母の早苗やおさきがいて当然だが、お幸の母のおくにが、なぜ、一緒に出て来たのか、寒九郎は何か変だと思った。

「叔母上も、おくに様も、朝早くから、いったいどうなすったのでござるか」

早苗が何かいおうとした時、奥から由比進の声がかかった。

「おう、寒九郎、帰ったか。無事でよかった」

奥の部屋から由比進が姿を現わした。ついで、大吾郎が顔を出した。

寒九郎は戸惑った。おくにばかりか、大吾郎まで、なぜ、ここにいるというのだ？

女中のおさきが気を利かせていった。

「お清さん、作次さん、寒九郎様と草間大介様のお二人に足洗いの水を用意して」

「はい」「へい、ただいま」

お清と作次が廊下の横手から顔を出し、寒九郎と大介に一礼すると、井戸端に戻って行った。

「いったい、こんな朝早くから、みんなで集まって、いったい、どうしたというのです？」

いつもと違う、何かあったのだ、と寒九郎は察した。だが、いったい何が？

「旦那様が、先程、息を引き取りました」

早苗が声を震わせた。おくにも項垂れていた。おさきも口を噤んでいる。

「なんですって」

寒九郎は式台に腰を下ろしながら、大介と顔を見合わせた。早苗はくりかえした。

「旦那様が亡くなったのです」

そんな馬鹿な。どうして？

「おくにさんの旦那様も、お亡くなりになったのですよ」

早苗がいった。

「え、吉住敬之助様も亡くなったと」

寒九郎はおくにを見た。おくには、すっかりやつれた顔でうなずいた。

「いったい、何があったのです？」

「寒九郎、ともかくも上がれ。奥の間へ来てくれ」

由比進が悲痛な顔でいった。大吾郎も口をへの字に結び、何もいわず押し黙っていた。

寒九郎は大介とともに、草鞋を脱ぎ、作次とお清が運んで来た桶に足を入れた。お清が涙ぐみながら、寒九郎の足を洗った。

寒九郎は口寄せのイタコがいった警告を思い出した。武田作之介と吉住敬之助の二人の身に何か重大な災禍があったのだ。イタコの警告は本当だったのだ。

寒九郎は雑巾(ぞうきん)で濡れた足を拭い、あらためて早苗の前に正座して、帰宅の挨拶をした。

「ただいま帰りました。ご心配をおかけしました」

草間大介も、急いで寒九郎の隣に座り、早苗とおくにに頭を下げた。

早苗は声も出さず、袖で顔を覆って嗚咽(おえつ)していた。

早苗は声も仕草も母菊恵とそっくりだと思った。寒九郎は心の中で「母上、ただいま帰りました」と叫んでいた。

「何はともあれ、旦那様にご挨拶をなさってください」

早苗が立ち上がり、先に立って廊下を静々と進んだ。おくにとおさきが続く。寒九郎と草間大介は顔を見合わせ、早苗たちの後に続いた。

奥の座敷には、仏壇の前に、二つの蒲団が敷かれ、頭を北枕にした武田作之介と吉住敬之助が並んで横たわっていた。二人の顔には白い布が被せてあった。

ほんとだ。作之介様も敬之助様も亡くなっている。

寒九郎は思わず奥の間の前で立ち竦んだ。

床のすぐ脇では、姑の将子が数珠を手に、座っていた。すっかり気落ちした顔で項垂れていた。

座敷の隅には、若侍の熊谷主水介と、見知らぬ顔の老侍が座っていた。二人も寒九郎に会釈し、「お帰りなさいませ」といった。

熊谷は白巾で左腕を吊っていた。右大腿部も包帯を巻いているらしく、右足を投げ出して座っている。

老侍はもっと酷く、右腕には包帯、左足にも包帯が、さらに小袖の胸元から白い晒しが見えた。晒しは赤黒い血糊で染まっていた。胸を斬られた様子だった。

大吾郎も着物の袖が斬られていた。覗いた左腕には包帯が巻いてある。

寒九郎は何者かに作之介と敬之助たちが襲われたのを悟った。

「寒九郎兄さん、お帰り」

元次郎は枕元で涙を堪えて座っていた。

「うむ。元気だったか？」

寒九郎は元次郎の頭を撫でた。

横たわった作之介の脇で、早苗が寒九郎にいった。

「寒九郎、旦那様と敬之助様に最期のお別れをなさい」

「はい。叔母上」

寒九郎は作之介と敬之助の前に座り、手を合わせた。

草間大介が後ろに座る気配がした。

「あなた、寒九郎が帰りましたよ」

早苗は優しく呼びかけながら、静かに白布をはずした。

作之介はあたかも眠っているかのように横たわっていた。

寒九郎は合掌し、まじまじと作之介の顔を見つめた。まったく血の気がなく、青白かった。口元に笑みが見えた。

「おう、帰って来たな」という声が聞こえたような気がした。

おくにが敬之助の顔の布を外した。

敬之助もまた目を瞑り、眠っているかのようだった。日焼けして浅黒かった顔が、いまは白く青ざめている。

寒九郎は、二人に交互に祈りながらいった。

「叔父上様、敬之助様、本当にいろいろお世話になりました。心から御礼申し上げます。どうぞ、お二人とも、安らかにお休みください」

寒九郎は頭を垂れ、心の底から冥福を祈った。

寒九郎はあらためて叔母早苗とおくにに両手をついて、お悔やみをいい、頭を下げた。

「寒九郎、ちょっと、来てくれ。話がある」

由比進がいい、大吾郎に目配せした。大吾郎はうなずいた。

「うむ」

寒九郎は刀を手に立ち上がった。

「草間大介、おぬしもついて参れ」

「はい」

由比進と大吾郎は、廊下を進み、書院の間の襖を開けた。

書院には行灯が点灯していた。ほんのりと部屋を明るくしていた。

書院に入ると、由比進は上座を一人分空けて座った。作之介がよく座っていた席だ。

寒九郎と大吾郎は由比進と向かい合って座った。草間大介が二人の背後に控えた。

「寒九郎、本当によく無事で帰った。うれしいぞ」

「それがしもうれしい」

由比進と寒九郎は手を握り合った。寒九郎と由比進は大吾郎を見た。

「大吾郎、おまえも手を出せ」

「うむ」

大吾郎は怖ず怖ずと手を延ばし、由比進と寒九郎の手に手を重ねた。

由比進がいった。

「おれたちは、義と仁と信で結ばれた三兄弟だ。いつまでも、おれたちは助け合おう。いいな」

「分かった。義、信、仁だな」

寒九郎はうなずいた。大吾郎もうなずいた。

「ところで、由比進、いったい、何があったのだ？　説明してくれ」

寒九郎は由比進に訊いた。

「寒九郎、それが、たまたま、おれは見ていないのだ。おれは城中で、老中意次様に呼ばれ、意知様が亡くなった時の事情を聴かれていた。父上たちは、それがしよりも先に帰った。武家屋敷街で、一行は待ち伏せされたのだ。あとは、直接、戦った大吾郎が話す」

大吾郎がうなずいた。

「それがしが話す」

大吾郎は、武田一行が土砂降りの雨の中で、賊たちに襲われた経緯を縷々話した。

「それがしが、賊の一人を捕まえ、白状させた。そいつによると、襲った黒装束たちは、津軽藩卍組黒目旋毛組だといった。襲えと命じたのは、津軽藩邸の江戸家老大道寺為丞だそうだ」

「そいつは生き証人になるな」

「そうなんだ。それで敵も慌てた。生け捕りにしようとしたところ、傍で手負いで倒れていた黒目の頭目が生き証人の男を、裏切り者として刺殺した」

「では、その頭目を生け捕りしたら」

「それが、さすが頭目だけはある。それがしの前で舌を嚙み切って自害した」

「ううむ。残念だな。証人がいないとなると、御上に訴えて、津軽藩の大道寺為丞を断罪出来んな」

「ああ。それに、大道寺為丞の背後にいる黒幕も追及できぬ」

由比進は嘆いた。

「老中意次様もいっていた。意知様を城中で刺殺した佐野某も、女子を巡る遺恨ということで始末された。死人に口なしだ」

「だが、ただでは済ませない。おれは、黒目の頭目の首を、津軽藩邸の門前に晒した。

やつらへの警告だ」

大吾郎が、由比進と寒九郎に、天井を見ろと目でいった。

ネズミ。それも大きなネズミが天井に潜んでいる?

寒九郎があえて大声でいった。

「いったい、やつらの背後には、誰がいるのだ?」

由比進はじろりと目を剝き、天井を見ながら大声でいった。

「大目付松平貞親、そして、そのさらに背後にいるのが松平定信だ」

寒九郎も天井を見上げてはっきりいった。

「松平貞親と松平定信、そいつらが、すべての陰謀の元凶だというのだな」

大吾郎も天井に向かって大声でいった。

「それがしが、いつか、そやつらを討つ。手始めに、津軽藩江戸家老の大道寺為丞は許さぬ。松平定信の走狗(そうく)を退治する」

草間大介が立ち上がり、刀を抜いた。

「おい、そこの雌(めす)ネズミ、聴いているか」

大介は刀を天井に向け、いきなりずぶりと突き上げた。

小さな呻き声が聞こえた。

女の声？

大介は大刀をさらに天井板に突き刺した。

天井裏で人の動く気配がした。

「逃げるか、雌ネズミ」

大介が怒鳴った。寒九郎が大介を押さえた。

「いい。逃がしてやれ。黒幕たちへの警告になる」

「はっ」

大介はいまいましげに、天井を睨んだ。

天井の刺し痕から、血がしたたり落ちて来た。

由比進が静かにいった。

「みんな、いいか。これから、やつらとの戦になる。とてつもない戦いだ。味方を信じ、義と仁と信をかけて戦う。いいな」

大吾郎も寒九郎も、そして、草間大介もうなずいた。

明日をかけての戦だ、と寒九郎は武者震いをした。

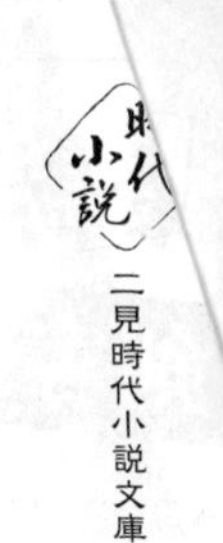

江戸の旋風 北風侍 寒九郎7

二〇二一年 六 月二十五日 初版発行

著者 森 詠

発行所 株式会社 二見書房
〒一〇一-八四〇五
東京都千代田区神田三崎町二-一八-一一
電話 〇三-三五一五-二三一一［営業］
〇三-三五一五-二三一三［編集］
振替 〇〇一七〇-四-二六三九

印刷 株式会社 堀内印刷所
製本 株式会社 村上製本所

落丁・乱丁本はお取り替えいたします。定価は、カバーに表示してあります。

 ISBN978-4-576-21080-3
https://www.futami.co.jp/

詠

剣客相談人 シリーズ

森詠
《長屋の殿様 文史郎》
剣客相談人
完結

万八千石の大名家を出て裏長屋で揉め事相談をしている「殿」と爺。剣の腕と気品で謎を解く!

① 剣客相談人 《長屋の殿様 文史郎
② 狐憑きの女
③ 赤い風花(かざはな)
④ 乱れ髪 残心剣
⑤ 剣鬼往来
⑥ 夜の武士(もののふ)
⑦ 笑う傀儡(くぐつ)
⑧ 七人の剣客
⑨ 必殺、十文字剣
⑩ 用心棒始末
⑪ 疾(はし)れ、影法師
⑫ 必殺迷宮剣

⑬ 賞金首始末
⑭ 秘太刀 葛の葉
⑮ 残月殺法剣
⑯ 風の剣士
⑰ 刺客見習い
⑱ 秘剣 虎の尾
⑲ 暗闇剣 白鷺
⑳ 恩讐街道
㉑ 月影に消ゆ
㉒ 陽炎(かげろう)剣秘録
㉓ 雪の別れ